# 死の刻《とき》

麻野　涼

Asano Ryo

文芸社文庫

# 目次

# プロローグ　黒のボンデージ

　新横浜駅前にあるプリンスホテルのスイートルームにその女はチェックインした。ルイ・ヴィトンのボストンバッグからボンデージをとり出した。コルセット、ロングスリーブのミニドレス、ブーツにグローブ、すべてが黒で統一されている。女はそのボンデージを身につけると、スイートルームの姿見に自分自身を映した。

「まだ十分勝負できるわ。大丈夫」

　女は自分にそう言い聞かせた。

　それまでのつまらない人生に決着をつけるためには、この勝負は絶対に負けられない。不健康な生活に区切りをつけ、三ヶ月間エステとスポーツジムに毎日通った。心身ともに健全な肉体を手に入れ、贅肉をそぎ落とし、腰のくびれも作ることに成功した。少し垂れ下がったバストも睡蓮の蕾のようで、二十代の頃の弾力性とまではいかないが、数年前と同じようにしなやかな曲線を、ボンデージは鮮明に浮かび上がらせていた。

〈絶対に来る〉

　女は確信していた。

一週間前。居酒屋のカウンター席で一人飲んでいた男の隣に、その女は座った。女は親しげな顔で微笑んだ。神経質そうに見える男はあからさまに迷惑そうな顔をした。それでも平然として女は酒を注文した。

男は手酌で酒を江戸切子のグラスに注ぎながら飲んでいた。男の右手がカウンターの徳利に伸びる瞬間、ワイシャツの袖から一瞬、手首の痣《あざ》が見えた。

男と同じ酒を注文した。

「一緒に飲みませんか」

女は男のグラスに酒を注いだ。徳利を男の前に差し出し、「私にもお願い」とやはり江戸切子のグラスを突き出した。男は煩わしそうに、徳利をもって、女のグラスに酒を注ごうとした。

その瞬間、女は爪を立てて男の右手首をつかんだ。激痛が走っているはずだが男は呻き声さえあげなかった。表情一つ変えずに言った。

「手を離してくれませんか」

「私を相手にどうかしら。きっといいプレイができると思うわ」

女は男を睨み据えて言った。男は脅え切った顔をした。自分の秘密が白日の下にさらされてしまったような驚きぶりだ。

「つき合いなさいよ」

微笑みながらさらに指に力を加えた。男はどう対応していいのか迷っていたのだろう。

「私はSって言っているのよ」

男の様子が一瞬にして変わった。体すべての筋肉が弛緩していくような安堵の表情を浮かべている。

「いつお気づきになられたのですか」

男は口調さえも変わってしまった。

「手錠痕が見えたのよ」

「そうでしたか。お誘いありがとうございます。こんな美しい方にお相手をしていただければ光栄です」

男は根っからのマゾヒストなのだろう。

「来週のこの時間、新横浜のプリンスホテルに来いよ」

こう言い残して女は居酒屋を出た。

レジで会計を済ませ、カウンターの方を見た。真っ赤な口紅がベットリと付着した女のグラスに残っていた酒を、男は一人微笑みながら飲みほそうとしていた。

やがて控え目に部屋のチャイムがなった。女がセックスの相手に選んだ男がスーツ姿で、紅潮した顔つきで立っていた。女の姿を見たとたん、男の目は潤んだ光沢を放った。

「どれだけ待たせれば気がすむんだ」

女はネクタイをつかみ、部屋に引きこみすぐにドアを閉めた。

男が土下座した。その背中を女はブーツのヒールでタバコでもねじり消すかのように踏みつけた。男が激痛に呻き声をあげた。

「申し訳ありません」

女は屈みこむと男のネクタイを握り、そのまま引っ張り上げた。苦悶し顔を歪め、水中でもがくように手をばたつかせた。ネクタイから手を離すと、命じた。

「裸になれ」

男は従順だった。几帳面なのか衣服はすべてクローゼットにしまいこみ全裸になった。女はボストンバッグから手錠と鞭をとり出した。

「手を出せ」

男の顔には淫靡な期待感さえ浮かび、瞳はぎらぎら輝いて見えた。男の両手に手錠をかけると、女はソファに腰を下ろし、足を組んだ。

「跪《ひざまず》け」

男は奴隷のように女の言いなりだ。

「ブーツを脱がせて」

手錠のかかった手でブーツのファスナーに指をかけた。その瞬間、女は鞭を男の背中に打ち据えた。指で血をなぞったようにミミズ腫れが浮かび上がる。

「口でやれ」

男はファスナーを口で下ろした。ファスナーが下りるとそれを自分の手で脱ぎ捨て、片方も同じように口でファスナーを下ろさせた。

「どこを見ているんだ」

女はさらに男の尻に鞭をしならせた。女は下着を着けていない。ファスナーをくわえて下ろそうとしながら男はミニドレスの奥をしきりに気にしていた。

「この変態野郎が」

鞭をつづけざまに振るうと痛さに男は床を転がって、鞭から逃れようとした。それを面白がるように女は鞭を振り下ろした。

「そんなに見たいのか。わかった。見せてあげるわ。仰向けに寝ろ」

男が仰向けに寝ると、女は顔の上に大また開きで立ち、そのまま男の鼻と口をふさいで座った。呼吸ができずに男は溺れる子供のように足をばたつかせた。女を跳ねのけようと体全体を弓のように何度もしならせた。

少し位置をずらして鼻から呼吸ができるようにしてやった。

「罰だ。アタシがいいと言うまで舐めつづけるんだよ」

女は少し腰を浮かせた。男の舌が這うのを感じた。男が少しでも休もうものなら力いっぱい鞭を振るった。男性自身も天を突き上げるように勃起した。

「勝手にいったら許さないからね。アタシがいいというまで出すんじゃないよ」

女は腰を浮かせ、今度は男性自身を自分の中に受け入れた。男を睨みつけながら腰を激しく上下させた。マゾヒストの男は、サディストの女性を満足させることに快感を覚えるらしく、これまでの経験ではセックスの最中に射精する男は意外と少なかった。

「アスミ様、見てください」

女は腰を上げ、ソファに座りなおした。

「アタシにいくところを見せるんだ」

男は横になったまま自分の手で射精に導いた。絶頂を迎えた時、獣の咆哮のような呻きを一瞬だが漏らして男は果てた。

プレイが終わると、自分で所持している軟膏薬をミミズ腫れしている部分に塗り、帰っていった。

その日から女は月に一、二度ホテルに呼び出して、男との関係をつづけた。

# 第一章　爆破

「はい。湘南台旭日高校ですが……」

二年生の私立文科系進学クラスの担任をしている島崎隆が電話をとった。

「学校を爆破するなんて、冗談ではすみませんよ。警察に通報しますよ」

島崎が強い調子で言い返している。

「どうしたんですか」

校長の羽根田征一は島崎に近づき尋ねた。教師になった当時からスーツ姿で教壇に立ってきた。教師は聖職者で、学内では正装で通すべきというのが持論だ。校長ともなればなおさらで、その職にふさわしい威厳も求められる。

島崎が受話口を手でふさいで言った。

「校門を爆破するという予告メールを、高校のアドレスに送ったので確認しろと言ってるんです」

羽根田は受験で落ちた中学生が嫌がらせでもしているのだろうと思った。これまでにも同じようなことはあった。島崎から受話器を受けとり、メールを確認するように指示した。

「校長の羽根田ですが……」

「メールを確認したか」

大人の声だった。自分の子供が受験に失敗した腹いせなのだろう。

「今、パソコンを開いているところです」

「早くしろ」

「どんな怨みがあるのか知りませんが、こんな脅迫はすぐに止めるべきです」

島崎がメールをプリントして持ってきた。

〈十四時二十分正門を爆破する〉

羽根田は壁に掛けられた時計を見た。午後二時二十分を差そうとしていた。

空気を二つに引き裂くような落雷に似た音が一瞬響いた。同時に、地鳴りと地響きが伝わってきた。

〈まさか〉

それでも羽根田は爆破予告が実行されたとは想像もしなかった。一瞬、校門の近くで自動車事故が起きたと思った。しかし、爆破が現実だとすぐに思い知らされた。細かく粉砕された石がまるで雹のように降ってきた。粉塵が窓の外に流れ、一メートル先も見えない。

「冗談ではないことがわかっただろう。いいか、よく聞けよ。一歩でも校内に警察が入れば、容赦なく校舎を爆破する。生徒も教師も外に出ることは許さない。逃げ出せば、その場で校舎、校庭のどこかを爆破する。これから連絡はメールで送る。我々のメールアドレスに校長のアドレスから空メールを今すぐ返信すること」

「誰なんだ」と聞こうとしたが、電話は切れてしまった。

「校長先生、正門が爆破されました」

様子を見てきた島崎が真っ青な顔で叫んだ。

「けが人はいないか」

「いません」

「犯人は教職員も生徒も学校から出るなと要求しています。一歩でも出れば校舎を爆破すると言っています。どこに爆薬が仕掛けられているかわかりません。校内放送で、教室から出ないように伝えてください」

そう指示して羽根田は一一〇番に通報した。

「何者かによって正門が爆破されました。一歩でも外に出れば校舎を爆破すると、犯人から脅迫されています」

すでに複数の通報があったらしく、通信指令室の警察官は「間もなく到着しますから落ち着いて」と羽根田を鎮めようとした。

「校舎を爆破されるといっているのがわからないのか」

羽根田は怒鳴った。パトカーや消防車が近づいてくる音が聞こえてきた。羽根田は電話を島崎に任せて、正門に走った。

湘南台旭日高校の正門は敷地の東側にあり、正門の前を南北に道が走っている。その通りを挟んで反対側には高度成長期に建てられた公団住宅が、マッチ箱を並べたように規則正しく建てられていた。

正門を入ると、白亜の校舎が南向きに三棟並び、南から一号館、二号館、三号館とつづき、一号館は一年生、二号館二年生、三号館三年生が学ぶのが創立当初からの伝統だ。正門の正面には二号館があり、一階に受付や教職員室がある。すでに三年生は卒業式をすませ生徒はいない。三号館には視聴覚教室、化学室があり、屋上にはプールが設けられている。いずれの校舎、施設も一九八〇年代後半から一九九〇年代のバブル期に建てかえられたもので、世界的に有名な建築デザイナーの手による瀟洒な建造物だ。

正門に走り寄ると、二つある門柱は根元からえぐりとられるように吹き飛ばされていた。観音開き式の鉄製の門扉は飴細工のようにひしげていた。

次々に緊急車両が到着した。羽根田は門のところまで走り、ネクタイを緩めながら大声で叫んだ。

「入るな」

パトカーから降りてきた警察官がやはり怒鳴るような声で聞いた。

「けが人はいませんか」

「大丈夫です。それより警察が校内に入らないように徹底してください。いいですね」

校舎の西側に体育館がある。体育館の前が校庭で、ラグビーとサッカーグラウンド、それに野球場が設けられている。学校の周囲は塀で囲まれ、野球場には特に高いバックネットが設置されていた。西側の塀の外は一戸建ての住宅が点在していた。

校庭には南門が設けられているが、普段は閉じられている。羽根田は南門が心配になった。湘南台旭日高校の南側には小さな山境川が流れ、川沿いの遊歩道をサッカー部や陸上部の部員がトレーニングのために走る。六時間目が終わる頃までにはレールゲートが二メートルほど開けられる。

羽根田は一号館と二号館の間を走り抜けグラウンドに出た。窓から生徒たちが顔を出して、不安げに羽根田校長を見ている。
一、二年生は終業式を済ませていたが、三年生の進学状況がクラスごとに報告され、二年生には一年後の現役合格を目指して、担任教師から様々な助言が行なわれていた。また一年生の中には進学コースを変更する生徒も出てきていた。クラス変更の手続きや二年に進級するにあたり、進学コースの確認と二年後の大学受験に備えて克服すべき課題が、やはりクラス単位で話し合われていた。

南門は校庭の端にあり、野球のホームベースに近い。南門のレールゲートは全開になり、消防車とパトカーがまさに校庭に入ろうとしていた。

「入るな」

羽根田は腹の底からしぼり出すような声で叫んだ。

パトカーが最初に南門をくぐった。轟音と同時に一塁ベース付近の土が噴水のように空に舞い上がった。パトカーが急停車し、バックして南門の外に出た。

羽根田はグラウンドを斜めに突っ切るようにして南門に走った。一塁ベース付近は、大型ショベルカーで掘ったようにえぐられ、地中から煙が上っていた。

南門に近づくと、誰に伝えるでもなく怒鳴った。

「入るなと言っているだろう。絶対に入るな」

犯人が本気だということを警察側も認識したようだ。

南門周辺と正門のある東側はパトカー、救急車、消防車で埋め尽くされている。三号館と体育館の北側にあるなだらかな山の斜面には、冬枯れの木立がつづいている。西側の住宅街の様子はグラウンドからではうかがうことはできないが、やはり緊急車両が配備されているのだろう。

南門からパトカーが入った瞬間、爆破されたということは、犯人はどこからか高校の様子を見ているに違いない。正門前の団地にいるのか。

　正門の前を走る道路はすぐに坂道になり、登りきったところに山の頂きを削りとって建てられたパークハイツレジデンス四棟が立ち並ぶ。そのベランダからは高校の様子が見てとれる。

　山境川の対岸にはすでにヤジウマがなり行きを見つめていた。あの中に犯人がひそんでいるのかもしれない。羽根田は背中をナイフで撫でられるような恐怖を覚えた。

　パトカーから降りてきた刑事に校内に入るなと警告し、職員室にもどると父兄やマスコミからの問い合わせで、すべての電話がふさがっていた。全職員を集めると羽根田は現状を伝えた。

「手分けして各クラスの担任の先生に現状を報告し、生徒が軽はずみな行動をとらないように徹底してください」

　羽根田は湘南台警察からつながりっぱなしの受話器を受けとると、再度警察車両、警察官が校内に入らないように念を押した。

「犯人はこちらの状況を見ていると思います。マスコミからの問い合わせが殺到し困っています。生徒の命がかかっているんです。取材を控えるように警察の方から注意してください。それとこの電話はずっとつないだままにしておきます」

「チーフ、この映像見てください」

神奈川警備保障会社の警備責任者、鏑木は部下の声にモニターに目をやった。S駅前支社の壁はモニターで埋め尽くされている。部下は湘南台旭日高校に設置された五台の防犯カメラから送られてくる映像を指差した。防犯上、カメラ台数は多い方がいいが、人権上の問題もあり、設置されているのは二号館の正面玄関、事務室の出入口から二階に通じる階段付近までを見わたせるように一階の廊下、それと一号館、三号館、体育館の出入口だ。

正面玄関のモニターに、空から小石が降ってくる映像が映し出されたかと思うと、砂塵で何も見えなくなってしまった。二号館の廊下のモニターには教職員が慌しく動きまわる映像が流れている。

鏑木は高校に電話した。

「神奈川警備保障です。何かありましたか」

「大変だ。校門が爆破された。すぐ来てくれ」

相手はこう言って電話を切ってしまった。

「本部に連絡して応援を頼め」と命じ、鏑木は部下二人を連れて湘南台旭日高校に向かった。

緊急車両と同時に高校には着いたが、民間の警備会社ではもはやどうすることもできない。警察によって非常線が張られ、高校に入ることさえもできない。鏑木は本部の指示を仰いだが、「現場待機」という命令だった。

湘南台警察署の刑事部捜査一課の佐々木薫は屋上にいた。嫌煙権とかで署内には自由にタバコを吸えるスペースがなくなっていた。屋上には誰が作ったのか知らないが、一斗缶を半分に切ったものが置かれ、それが灰皿として使われていた。

屋上からは遠くに東京湾がかすんで見える。冬の寒い日ならいくらタバコを吸いたくなっても、海風が吹きつける屋上までは出てこない。しかし、元町公園の桜が七部咲きだと、定食屋で見た昼のニュースがそう伝えていた。昼食にメンチカツ定食をとった後、屋上に上がった。マルボーロに火をつけ、吸い込む瞬間がたまらない。

警察官になってすぐに気づいた。刑事などという不規則を絵に描いたような職業は、自分で健康管理に気をつかわなければ現場の仕事には対応できない。だから佐々木は一日三度の食事と、毎日の排便と一週間に一度のセックスは欠かさない。これが健康の秘訣だと信じている。

しかし、タバコだけは不健康だとわかってはいても止められない。吸い始めたのが高校生の頃で、もう三十年以上も喫煙をしていることになる。これだけ健康に留意しているのだから、一つくらい不健康なことをしていても、それほど寿命には影響しないだろうと考えている。毛沢東と同じでタバコをはさむ左手の人差し指と中指はヤニで黄色に変色していた。

タバコの煙を流れてくる春の心地よい風に向けて吐いた。背後から人の気配がした。

「やはりここでしたか。大変な事件が起きています」

小向秀吉だった。

「どうしたんだよ」

タバコはまだ吸い始めたばかりだ。フィルターが焦げつくところまで吸わないと吸った気分に浸れない。

「湘南台旭日高校の門が爆破されました」

「あの有名進学校か」

「そうです。行きましょう」

佐々木はタバコを一斗缶に捻じりつけるようにして火を消した。一階に降りると待機していたパトカーに乗り、高校へと向かった。

「どういうことだ」

佐々木は小向から事件の概要を聞いた。小向が一一〇番通報の内容を説明した。

「壊れている人間の仕業か……」

佐々木はすぐに変質者を思い浮かべた。自殺願望のある大人が自分一人では死ねないと、小学校を襲撃して児童を殺したり、駅構内で無差別に通行人を殺傷したりする事件が起きていた。そんな人間の犯行ではないかと反射的に思った。

「生徒はどれくらいいるんだ」

佐々木が聞いた。

「三年は卒業し、一、二年生合わせて四百人が校舎にいます」

小向が答えた。

パトカーは湘南台旭日高校の南門に着いた。先に到着していたパトカーが校庭に入ろうとしていた。

「止めろ」

佐々木はパトカーの中から叫んだ。

まだ事件の概略さえもつかめていないのに、強引に突っ込むのは危険すぎる。

パトカーが校庭に入った瞬間、誤って引火した夏の花火のように、地面から四方八方に土が噴き上がった。佐々木の乗っているパトカーにその粉塵がバラバラと降ってきた。パトカーを降りると、爆発した付近から男が「入るな」と叫んでいた。

佐々木は周囲を見まわした。警察の動きはどこからでも見えてしまう。グラウンドの爆破は警察に対する忠告だろう。

「我々の動きはすべて見られているな」

佐々木は思った。南門に近づき、「入るな」と警告している男に言った。

「わかりました。私は湘南台署の佐々木ですが……」

「校長の羽根田です」

「犯人に思い当たるふしはありませんか」

「まったくありません」

「職員室から現状を詳しく電話で教えてください」

羽根田は走ってもどっていった。

「正門を見に行くぞ」

佐々木は小向にパトカーに乗るように促した。

正門にも非常線が張られているが、団地の住人が遠くから事のなり行きを見守っている。犯人はこのヤジウマの中にひそんでいるかもしれない。高台に建てられたパークハイツレジデンスのベランダからも住人が高校を見下ろしていた。

「やっかいだぞ、これは」

佐々木は正門前でパトカーを降りると、マルボーロに火をつけた。

無線で現状が次々に報告されてきた。それを小向が伝えてくれた。

「犯人は爆破予告をブラジルのプロバイダーを経由してメールで送ってきたそうです」

小向はまだ三十代半ばで、パソコンの知識も豊富だ。

「どういうことだ。わかりやすく説明しろ」

「犯人は手紙をブラジルの郵便局から投函しているということです」

「犯人はブラジルにいるのか」

「いいえ、違います。わかりやすく説明しろと佐々木警部が言うので、そう説明しましたが、アメリカにいようが日本にいようが、ブラジルのプロバイダーと契約していれば、メールはブラジルから発信されたようにして学校のポストに届きます。手紙で言えばブラジルの消印が押されていたということです」

「どうしてブラジルだってわかるんだ」

「日本のプロバイダーを利用する人のメールアドレスに.ｊｐという文字が末尾につくように、ブラジルならｂｒという文字がつきます」

「つまり犯人は自分の身元や所在を隠すために、わざわざ手の込んだことをしているというわけか」

「その通りです」

「ブラジルの当局に頼めば、プロバイダーと契約した人間が誰なのかわかるのか」

「わかりますが時間がかかると思います」

「インタポールでも外交ルートでもかまわん。ブラジルのプロバイダー契約者を割り出せ」

小向に指示を出した。

十分に作戦を練り上げ、時間をかけて犯行に及んでいる。それに単独犯ではないと佐々木は思った。

# 第二章　要求

　正門と南門近くのグラウンドが爆破されてから二時間後だった。

「羽根田校長に伝えろ。メールを送ったと」

　再び犯人から電話があった。英語を教えている尾長美代子が羽根田に伝えた。学校の電話は父兄からの問い合わせで、鳴りっぱなしだ。

「相手の電話番号は表示されていますか」

　羽根田は正門爆破の時、ディスプレイに表示される相手の電話番号を見る余裕はなかった。

「表示圏外です」尾長が即答した。

「表示圏外ってどういうことなんだ」

　これまでに見たことのない表示だった。

　パソコンのメールを開いた。同じアドレスから送信され、件名の欄には〈羽根田校長へ〉、〈明日三月二十五日十四時二十分までに、湘南台旭日高校を破壊しようとしている我々の動機を解明しろ。誤った回答や返事がなければ校舎を爆破する〉と本文には記されていた。

羽根田は湘南台警察署につながれている電話をとった。

「今、犯人からの要求が届きました。そのメールを転送します。それと犯人からの電話はディスプレイには『表示圏外』と出ています」

「わかりました。校長の携帯電話の番号を教えてください」

羽根田はそばにいた数学教師の国生哲にその仕事を頼み、犯人からのメールを湘南台署へ転送した。そのままパソコンに向かい、犯人に返信のメールを書いた。

「校舎には四百人もの生徒がいます。生徒たちだけでも解放してほしい」

送信をクリックした。

羽根田の携帯電話がすぐに鳴った。

「佐々木です。今、爆破された正門前にいます。犯人はブラジルからメールを送ってきているようですが、卒業生の中にブラジルに関係している者はいるのでしょうか」

「本校生徒はほとんどが大学に進みます。ブラジルに駐在している卒業生はいるとは思いますが、とても今、それを特定することは不可能です」

緊急時に何を間の抜けたことを聞いているのだと羽根田は苛立ったが、ふと思いなおして言った。

「湘南台署の方には伝えましたが、相手からの電話は『表示圏外』とディスプレイには出ていました」

「最近お宅の高校が抱えていたトラブルとかはなかったのでしょうか」

「そういったものはいっさいありません」

羽根田ははねつけるような口調で答えた。しかし、少し間をおいてから、思い出したかのようにつけ加えた。

「トラブルといった類のものではありませんが、係争中の裁判がありました。ですが、一年前にすべて決着がついています」

羽根田は二十二年前に中国蘇州で起きた修学旅行列車事故について説明した。

「つまり二十七人の生徒が犠牲になり、下見が不十分だったことが事故の原因だと六人の遺族が裁判を起こしたが、三組だけは途中で和解が成立。残りの三遺族は最高裁まで争ったが、結局、学校側には責任はなかったという判決が下りたということですか」

「そうです。詳細は顧問の西山志郎弁護士に聞いてください」

羽根田は犯人からの返事がないかパソコンの送受信を何度もクリックしてみた。もしこのまま生徒が解放されなければ、食事の用意と毛布を手配しなければならない。生徒の中から病人が出る可能性もある。

生徒の解放を求めるメールを送信してから十分後、返信があった。

〈生徒を解放したければ、我々の要求に答えろ〉

湘南台旭日高校を破壊しようなどと企てている連中だ。相手は正常な考えの持ち主ではない。そんな連中の動機などわかるはずがない。

「蘇州列車事故の裁判のことを話されていたようですが……」

尾長が羽根田に聞いた。尾長も、それに野々村教頭、島崎、国生、そして羽根田本人、現在高校に在籍している教職員の中でこの五人が、蘇州へ生徒を引率していた。

「そう言えば正門が爆破された時間も日付も蘇州の事故と同じ日付、時刻だ」

白髪で市役所住民課のベテラン窓口係といった雰囲気の野々村教頭が、まじまじと羽根田の顔を見ながら言った。野々村は忠実さだけがとり柄のような教師だ。

「教頭先生は念のためにその事実を警察に連絡してください。それと生徒の食事と毛布を確保するように警察に頼んでください」

羽根田はパソコンの前に座り、眉間に縦皺を寄せながらメールを書いた。

〈生徒の食料と毛布を用意したい。その搬入は認めてほしい〉

湘南台署の高倉署長から電話が入った。

「佐々木さんに現場での指揮をお任せします」

高倉が落ちつきはらった口調で言った。高倉は四十歳になったばかりだが、警察庁でも出世頭で、次は本庁でのポストも用意されていると署内では囁かれていた。

「わかりました。では県警本部から爆発物処理隊をまわすようにお願いします。機動捜査隊を派遣して、周辺住民の避難と、マスコミ、ヤジウマを現場周辺から遠ざけるようにしてください。それと犯人からの電話の発信元を割り出してください」

佐々木は高倉署長と話が終わると、羽根田に連絡をした。

「現場は私が指揮をとることになりました。何かあれば私の携帯に連絡するように全職員に伝えてください」

「このまま夜を過ごすことになれば、食料、毛布が必要になります。その手配をお願いします。搬入を認めてほしいと犯人側にはメールをいれてあります」

「今後、犯人と連絡をとる時は、一度私を通してからにしてください」

佐々木は羽根田に強い口調で念を押した。犯人との交渉窓口を一つに絞らなければ、生徒の解放は難航する。彼らの一方的な要求を聞き入れるだけで、人質解放は不利になるばかりだ。

「犯人の了解がとれたら、搬入方法についてはそちらで交渉してください」

羽根田が答えた。

小向がパトカーの中でしばらく無線のやりとりをしていたが、佐々木のところにやってきた。

「在ブラジルの日本大使館と在日ブラジル大使館双方にブラジルのプロバイダーにつ

いて調査協力を依頼しましたが、時差が十二時間で日本の夜九時以降でないと、現地とは連絡がとれないそうです」

「長期戦にはしたくはないが……」

佐々木は時計を見た。まだ午後五時前だ。弁当、水などの食料、そして毛布は三時間後くらいには搬入できると連絡が入った。あとは犯人側がどう出てくるかだ。

高校西側の住民三十世帯の避難が開始された。避難場所には市民体育館があてられた。佐々木は小向を連れて再びパトカーに乗りこんだ。

「パークハイツレジデンスの方に行ってみてくれ」

日が暮れようとしていた。マンションの駐車場に立つと、湘南台旭日高校の様子が手にとるようにわかる。四棟あるベランダにはほとんどの住民が出ていた。駐車場の柵のところまで来て、なだらかな山の斜面を見下ろすと、学校の敷地との境界には金網フェンスが設けられている。日没後なら、山の斜面から学校内に機動隊を入れることは可能だろう。しかし、パークハイツレジデンスの住民には丸見えだ。

西側の住宅地区に移動した。境界線にはコンクリートパネルの塀があり、さらにボールが住宅地に飛び出さないようにネットで仕切られていた。住民の避難誘導をしていた機動隊隊員に状況を聞いた。

「ほぼ完了しましたが、一軒だけ不在の方がいて現在所在を確認中です」

「どの家だ」

同じような造りの家が五軒並んでいる。おそらく建売分譲された住宅なのだろう。隊員は学校の塀と接するように建つ家を指した。塀の内側には小さなプレハブ小屋の屋根が見える。さらにその先に体育館が建っていた。住民をすべて避難させてしまえば、塀を乗り越えて学校に機動隊や爆発物処理隊を潜入させることはできる。

佐々木は南門にもどるように命じた。六時半を過ぎた頃、羽根田校長から電話が入った。

「食料と毛布の搬入を許可するとメールが入りましたが、車が入るのはグラウンドまでで、すべてを二塁ベース付近に降ろし、荷物は職員、生徒で教室に運べと指示されています」

「食料が到着次第こちらから連絡します」

佐々木は電話を握ったまま二塁ベースに視線をやった。南側からも北側のパークハイツレジデンスからも丸見えだ。

小向が湘南台署から伝えられる情報を次々に報告してくる。

「湘南台旭日高校を相手どって訴訟を起こした犠牲者遺族がわかりました」

長女滋子を亡くした中山俊介、幸恵夫婦。川村昇、祥子夫婦は長男の彰を失った。次男敬を奪われた谷中浩之、礼子夫婦。この三組の夫婦は最高裁まで争った。一審段階で和解に応じたのは、長女の昌代を失った矢内和茂、ハル夫婦、三男大輔を奪われた瀬戸恒夫、文子夫婦、一人息子の善一を失った日高健、美穂夫婦だった。

「それぞれの家に捜査員を派遣して不審な点がないかを確認させろ」

　佐々木が小向に指示を出した。

「それと正門前に神奈川警備保障の車が止まっていたが、もし高校の警備を任されている会社であれば、校内の防犯カメラがどこに設置されているのか確認し、モニターをチェックさせてくれ」

　長期化を避けるには、ヤジウマが引き上げた後、深夜に爆発物処理隊を校内に入れて、爆発物をとり除くことだ。佐々木は、他の捜査員からも離れたところに行き、高倉署長に電話を入れて、作戦の了解を求めた。高倉も現場で捜査の指揮に当たった経験は少なく、「お任せします。すべての責任は私がとります」とだけ答えた。

　事件は全国ネットで放送され、特別生番組を組む放送局まで出てきている。失敗すれば、責任をとらざるを得ない立場に高倉はすでに置かれていた。しかし、さすがに将来を有望視されているだけのことはあり、現場のベテラン刑事を使うためには何を伝えるべきかを承知していた。失敗は部下に押しつけ、成果だけを自分のものにし、昇格だけにしか関心がないタイプではなさそうだ。

　佐々木は小向を連れて湘南台署にもどることにした。夜の突入作戦を機動隊、爆発物処理隊、鑑識課と綿密に打ち合わせをする必要があると判断した。署にもどると、マスコミにとり囲まれた。振りきるようにして高倉のもとに走った。

　捜査本部が置かれ、高倉は機動隊の吉崎、爆発物処理隊の朝田、鑑識の大場を呼んだ。

「犯人についてはまだいっさいわかっていませんが、いずれにせよ同高校に恨みを抱いている人間の犯行だと思われます。なお二十二年前に同高校が蘇州で列車事故に遭遇し、教師一人を含む二十八人が死亡、六遺族が裁判をおこしています。後に三家族は和解しましたが、残りの三家族は最高裁まで争い、一年前に敗訴。正門爆破の日付、時刻ともに蘇州の列車事故と同じです。訴訟をおこした六家族については、すでに事情聴取をするように手配済みです」

　佐々木がこれまでの状況を説明した。

「さきほどの電話では、深夜に機動隊、爆発物処理隊を校内に入れる作戦のようだが、具体的にはどうするつもりなのかね」

　高倉が単刀直入に聞いた。

「犯人は高校の近くに身をひそめていると思われます。それは南門からパトカーがグラウンドに入った瞬間に一塁ベース付近が爆破されたことでも明らかです。東側の正門、南門は見張られていると思って間違いないでしょう。北側の山の斜面から入る方法もありますが、これもパークハイツレジデンスの住民には丸見えになります。校内に入るには西側の民家側から塀を乗り越えるしかありません」

「住民の避難は完了したのか」高倉が聞いた。

「所在がわからない住民もいるようですが、三十世帯は市民体育館に避難してもらいました。住宅地にはマスコミが近づけないようにしてあります」

西側は境界ギリギリの所に家屋が建つ住宅もあれば、塀と家との間を小さな庭にしている家もある。コンクリートパネルの塀をカッターで切り校内に入る。塀に接するようにして、サッカーボール、野球用具、テニスコートのネットなど体育用具の倉庫にしているプレハブ小屋がある。そこから体育館の裏手に抜け、三号館に入れば、どこからも死角で犯人には気づかれない。夜ならパークハイツレジデンスからも見られることはない。三号館は三年生が卒業し、どの教室にも生徒はいない。そこに爆発物処理隊を置き、各校舎の爆発物を探しだす方法が最善策だと佐々木は思った。

「西側民家から突入をはかるのはいいとしても、相手はグラウンドにまで爆発物を仕掛けるようなヤツです。西側からの突入を予測していることも考えられると思いますが、その点はどうなのでしょうか」

吉崎が佐々木に問いただした。その通りだ。もし犯人に突入を知られれば、爆破の洗礼を受けるのは機動隊隊員だ。盾とヘルメット、防弾チョッキだけで身を守れるとは思えない。

「犯人から死角となるのはこの一点しかありません」佐々木が答えた。

「爆発物ですが、正門前で収集した破片から工事用現場で使用される2号榎か3号桐ダイナマイトが使われたと思われます。発火装置ですが、これは爆発物処理隊の意見も聞きたいのですが、現場からは携帯電話の破片が発見されています」

度の強い厚いレンズの眼鏡をかけた鑑識課の大場が現状を説明した。

「携帯電話につながった瞬間にダイナマイトが爆発するようにセットされ、それが校舎中にばらまかれていたとすると、面倒ですね」

髪を七・三に分け見るからに神経質そうな朝田が意見を述べた。

「一本見落としただけで大惨事になりかねない」

機動隊の指揮を取るひときわ体格のいい吉崎が間髪入れずにつづけた。朝田も吉崎も、佐々木の深夜の突入に反対なのだ。しかし、判断を遅らせれば、四百人の救出がさらに困難になっていく。病人も出てくるだろうし、パニックになって校舎から飛び出す生徒も出てこないとも限らない。

「決行するにしてもまだ時間はあります。今はその作戦を実行する方向で、全力を尽くしてほしい」

高倉が会議を打ち切った。これ以上会議をつづけていても結論がでないのは明らかだ。

「話はつきましたか」

小向が会議室から出てきたばかりの佐々木に聞いた。

「現場にもどろう」

佐々木は小向には答えずパトカーに乗りこんだ。

「機動隊も爆発物処理隊も腰がひけている」

その一言で小向はすべてを察したようだ。特に吉崎は、機動隊の果敢な警備と鎮圧を強調しているが、いざ事件が起きると日頃の勢いはなく、クチザキと揶揄されている。

現場にもどると、食料、水、毛布が次々に届けられてきた。佐々木は校長を呼び出した。

「犯人に食料、毛布をこれから運び入れると連絡してください」

相手はメールを常にチェックしているらしく、返事はすぐに来た。

〈入っていいのは二塁ベースまで。そこに運びこむすべての食料、毛布を並べろ。教室へ搬入するのは教師、生徒自身の手でやれ〉

弁当業者も神奈川県や横浜市から貸し出された毛布を運んできた業者も、二塁ベースまでトラックを運転するのは警察官にしてほしいと、乗り入れを拒否した。警察官三人が乗り、二塁ベースまでトラックを運転した。荷台はリフト式で、コンビニ弁当の詰まった段ボールが大型台車に積みこまれていた。リフトを使って大型台車をグラウンドに降ろした。同じように毛布も台車ごとグラウンドに降ろされた。

この様子をどこからかじっと凝視している犯人がいるのかと思うと、周囲のヤジウマがすべて容疑者に見えてくる。自分の目つきが険しくなっていくのを感じた。

佐々木家には二人の子供が誕生したが、幼稚園に通うまでは、男の子も女の子も佐々木が抱き上げると必ず泣き出した。

「あなたは目つきが悪いから子供が怖がっているのよ」

妻は平然と言ってのけた。目つきが悪いのは職業病のようなものだと佐々木は諦めていた。

夜になってから急激に冷えこんだ。車の中からダウンのハーフコートをとり出して着た。マルボーロに火をつけた。

二塁ベースに置かれた食料、毛布を教職員が二号館から出てきて、台車を押して運んでいる。すべての荷物を運びきるには二時間くらいかかるだろう。

「小向、ブラジル側には何か動きがあったか」

外交ルートで調査を依頼している。メール送信者の手がかりが得られるかもしれない。小向は湘南台署に問い合わせた。

「プロバイダー契約者はすぐにわかったようです。今、ブラジルの警察がその契約者の家に向かっているそうです」

あっけなく送信者の身元が割れたことに、佐々木は直感的に疑問を抱いた。

「そんなはずはないだろう」

犯人は用意周到、すべてが緻密に計算され計画的に進んでいるよう佐々木には感じられた。それがいとも簡単にメール送信者の身元が割れるなんてありえないだろう。

それから一時間後、ブラジルの発信元は地元警察の急襲をうけた。

外務省を通じて湘南台署に届いた情報を小向が詳細に伝えてくれた。発信元はブラジル・パラー州のベレンだった。ベレンはアマゾン河口の港街で、日本からの移民も多い。発信元はまさにその中核となる汎アマゾニア日伯協会のパソコンだった。

「もう半年も前だそうです。大貫巧という三十代後半の男性が、アマゾン移民の資料を見せてほしいと協会を訪ねてきた。その時に事務局の古いパソコンを見て、一台寄付をしたいと申し出てくれて、最初は冗談だろうと思っていたら、翌日には新品のパソコンが届けられた。プロバイダー契約者の住所は同協会内の大貫巧になっています。ただしそうした事実を協会側はまったく知らずにいて、大貫巧が設定したメールだけは、パスワードがないと開けないように設定してあるそうです」

「お前の話はわかりにくい。俺にわかるように説明しろ」

「これでも佐々木さんにわかるように説明しているつもりなんですが……」小向が言い返した。

「第一、その大貫巧はどこにいるんだ」

「パソコンを寄贈してから一週間もしないでサンパウロに向かったそうです」

「本人がいない。しかもパスワードもわからないのに、どうしてそのパソコンからメールが発信されるんだ」

「この事件にはかなりパソコンに詳しいヤツが加わっていると思います。パソコンに遠隔操作できるソフトをあらかじめインストールし、固定のグローバルＩＰアドレスを取得していれば、遠隔操作は可能になります。つまり東京にいてもベレンのパソコンからメールを発信するのはたやすいことです」

「東京にいながら、ブラジルのパソコンを操作できるのか」

「可能です」

「でも電源を落とされたらどうなるんだ」

「コンセントが抜かれていない限り、パソコンの電源を入れることも遠隔操作でできます。Ｗａｋｅ－ｏｎ－ＬＡＮという機能をもっているパソコンであればまったく問題ありません。最近のパソコンはほとんどこの機能がついています。実際、日伯協会の堤事務局長が深夜まで仕事をしていると、突然、寄贈されたパソコンが起動したことがあったそうです。誤作動だと思いシャットダウンさせたことがあると、ベレンの警察に伝えたということです」

「それでベレンのパソコンはどうなったんだ」

「電源を切り、今、当局がパスワードを解明しようとしているそうです」

「今は使えないようになっているんだな」

佐々木はマルボーロをとり出した。犯人はメールが使えなくなった。電話を必ず使う。

「署に連絡して、学校にかかってくる電話を絶対に逆探知しろと再度念を押してくれ」

小向に指示を出し、佐々木は高倉に電話を入れた。

「爆発物処理隊、機動隊を投入したいと思いますが、西側の塀から数人の捜査員を学校内に送りこみ、まずは様子を見ます。午前二時過ぎに敢行したいと思います」

佐々木は吉崎、朝田に一人ずつ中に入れるスタッフを選び出すよう命令した。

「小向、お前も中に入ってくれ。このままだと校内の様子もわからないし、相手の言うなりになるしかない。何も手を打たないで朝を迎えれば、さらに不利になる」

「わかりました」

小向の目が怪しく輝きはじめた。窃盗犯や傷害罪の犯人を追うことに小向はうんざりしていた。小向は理科系の大学を卒業したが、親戚に警察関係者がいたことから、警察官になった男で、二年ほど前から佐々木と組んで事件を追うようになっていた。

　職員室と湘南台署をつなぎっぱなしの電話によれば、今のところ食事、水、毛布が生徒にいきわたり、小康状態を保っているようだ。病人もまだ出ていない。しかし、この状態がいつまでもつづくとは思えない。

　機動隊から安室、爆発物処理隊から今野、そして小向の三人はマスコミに知られないように、私服で西側住宅地に入った。マスコミから視界が届かないところに駐車させたパトカーの中で、機動隊の軽量化した新しい濃紺の制服に着替えさせた。

　深夜二時。住民が不在の家の塀際に脚立が置かれた。

「無理をするな。危険を感じたらすぐもどれ」

　佐々木が三人に指示した。

　安室、今野、小向の順番で、塀を乗りこえた。三人は塀際に立てられたプレハブ小屋の陰に身をひそめた。

　小向がヘルメットに取りつけられた小型無線機で状況を伝えてくる。

「これから北側の金網フェンスにそって体育館の裏手まで進みます」

「了解」

　一分もしないで再び小向から連絡が入った。

「今、体育館の中ほどまできています。異状はありません」

「気をつけてくれ」

佐々木は少し掠れた声で言った。タバコの吸い過ぎだけが原因ではなさそうだ。

「体育館のはずれに来ました。このまま三号館の背後にまわります」

小向の声が聞こえた瞬間、三号館の裏手にある山の斜面から松明の炎に似た閃光が走った。同時に砲弾が炸裂したような轟音が周囲に響きわたった。

吹き飛ばされた斜面の土砂が三号館の壁に叩きつけられる音が聞こえた。

「大丈夫か」

応答がない。

佐々木は塀際に置かれた脚立に上がり、体育館裏に目をやった。真っ暗闇の中を走りながらもどってくる黒い一団が見えた。

「無事か」

佐々木は緊張した声で聞いた。

「もう一つ脚立を貸せ」

塀の内側に差し入れた。

小向、安室が脚立を登り、塀の外に出た。

「今野隊員はどうした」

小向も安室も逃げるのに必死で、今野がいないことに気づかなかった。しかし、すぐに走ってくる今野が見えた。

手に何かを持っている。

「こんなものをあちこちに仕掛けられていたら、犠牲者はかなり出ます」

今野が手にしていたのは赤外線センサーだった。

「犯人は校内に入ってくるルートあらかじめ想定して、センサーを金網にくくりつけていました」

フェンスにはツタや雑草がからみ込んでいて、センサーが発見しにくくなっているようだ。そのセンサーに反応して斜面に仕掛けられたダイナマイトが爆発したのだ。

羽根田校長から佐々木の携帯に電話が入った。

「三号館の方で爆発したようですが、何が起きたのでしょうか」

「斜面に仕掛けておいた爆発物を犯人が爆発させたようです」

佐々木は校内に三人が入ろうとしたことは伏せた。少し間があった。

「四百人もの生徒の命がかかっているんです。軽はずみな行動は差し控えてください。今犯人からメールが届きました」

〈警告していたにもかかわらず、警察が校内に入ったので北側斜面を爆破した。今度は校舎を爆破する〉

「メールは今までとは違うアドレスから送信されてきています」

「すぐに湘南台署に転送してください」

発信先のプロバイダーはすぐに特定できた。犯人はブラジルの隣国パラグアイのプロバイダーと契約し、そのアドレスから今度はメールを送信してきた。

「この爆弾ヤロー、いったい何を考えてやがる。絶対にとっ捕まえてやる」

当たった小石で額が割れ、その血をハンカチで押さえながら小向が言った。小向の眼は挑みかかる獣のようにぎらついて見えた。

# 第三章　捜査本部

「三人を病院に搬送しろ」佐々木が命じた。

「大丈夫です。このくらいの傷は」小向が答えた。

「手当てをしたら少し休んでおいてくれ。お前がもどったら俺も少し休ませてもらう」

一報から十二時間以上が経過しているが、ずっと現場で指揮をとっている。しかし、校舎内に入ることさえできない。ダイナマイトをどこに仕掛けてあるかもわからない。解決の糸口さえ見つからない。校舎には四百人以上の人質がいる。長期戦になるのは必至だ。

佐々木は体力的には自信がある。柔道、剣道ともに二段で、毎週鍛錬を欠かしたことはない。定期健康診断でも問題はなかった。

「夜明けと同時にローラー作戦で、西側の近隣住宅、東側の公団住宅、北側のパークハイツレジデンス、住民の中に湘南台旭日高校に怨みを抱いていそうなヤツがいないか、徹底的に当たれ」

佐々木が言葉を荒げた。

「ダイナマイトを入手可能なヤツ、パソコンのオタクがいないかも調べろ」

深夜の爆発音にパークハイツレジデンスの各部屋の照明が一斉に灯された。住民の中に犯人がひそんでいるのかと思うと、燃えてはじける青竹のような苛立ちを誰かにぶつけてしまいそうになる。反射的にマルボーロをとり出すが、胸のポケットにしまいこんだ。残り二本しかなかった。

東の空が闇から群青色に変わってきた。もうすぐ夜明けだ。犯人から羽根田にメールが送られ、それが警察に転送されてきた。

〈一歩でも校内に警察が入れば爆破する。いたるところにダイナマイトは仕掛けてある〉

羽根田は金切り声を上げて、捜査本部の高倉署長に連絡を入れてきた。パニックになると、一切の自制心がはたらかないのか、わめき散らしながら現場で指揮する佐々木をののしったらしい。それでも生徒の朝食の搬入だけは犯人に申し入れたようだ。

しかし、犯人からの回答は冷淡なものだった。

〈朝食を搬入すれば、校舎を爆破する〉

夜は明けたが、朝食は運び入れることができずに、生徒の安否が気づかわれた。マスコミ、特にテレビ局はほとんどの局が生中継状態で、湘南台旭日高校の様子を伝えていた。すでに警察の対応のまずさを批判するメディアも出てきた。がまんできずに佐々木はマルボーロをとり出した。あっという間に二本を吸いきってしまった。空箱を握りつぶし放り投げた。昨晩は一睡もしていない。

　住民への事情聴取は進められているようだが、なかなか報告は上がってこなかった。佐々木の苛立ちは増すばかりだ。太陽が昇り、穏やかな春の温もりに靄のような眠気がかぶさってくる。

　生徒の疲労も蓄積しているだろう。どんなことがあっても昼食だけは搬入しなければならない。羽根田校長の交渉では心もとない。校内に交渉できるスタッフを送りこみたいが、今のままではどうすることもできない。

　午前十時頃、西側の塀際に止めたパトカーの中で休んでいると、もう一台のパトカーがその横に止まり、小向が降りてきた。コンビニの袋を持っている。

「配給された弁当では力がでないでしょう」

　小向から袋を手渡された。中には水と缶コーヒー、それに温かいカツ丼が入っていた。マルボーロも忘れてはいなかった。

「お前、大丈夫か」

「ええ、石ころが当たったところを二針縫いましたが、問題ありません。それよりも佐々木さんもメシを食ったら少し休んでください」

「ありがとう。捜査本部の方はどうだ」

佐々木は早速カツ丼をほお張りながら聞いた。

「パラグアイの発信元はまだ明らかになっていませんが、やり口はブラジルとまったく同じで、発信元を押さえたとしてもきっと犯人はそこにはいません。我々を翻弄するための目くらましでしょう。それに学校にかかってきている電話ですが、圏外表示は国際電話の場合、そう表記されるそうです。犯人は外国で手に入れた携帯電話を海外ローミングして、日本から発信していると思われます。犯人はこの近辺に必ずひそんでいます」

小向は確信に満ちた声で言った。

捜査本部には羽根田と犯人との交渉内容が逐一報告されている。本部からの無線を小向がとると、犯人側は昼食の搬入を許可したが、ヘリコプターをつかい、一号館、二号館の屋上に下ろすように要求してきた。

「今、近隣住民に対してローラー作戦を展開しています。その間に少し休んでください」

佐々木は常駐警備車両の大型バスに移り、そこで仮眠をとることにした。バスの後部座席に身を横たえると同時に佐々木は眠りに落ちていた。

小向はパトカーに乗り、南門、正門、そしてパークハイツレジデンスをまわってみることにした。南門付近は、山境川を挟んで対岸にマスコミのカメラが一列に並び、その周辺にはヤジウマが集まり、さながら朝のラッシュアワーのような状態だ。正門は爆破され、周辺は警察車両で囲まれ一般車両は近づけないようになっていた。山の斜面の爆破と同時に、正門近くの団地の一部住民にも避難勧告が出され、市民体育館へと移動していた。

パークハイツレジデンスのベランダでは住民がまさに高みの見物だった。そしてベランダにまで各社のカメラが入りこんでいた。

「あそこから撮影されれば、すべてが見えてしまう。空から警察官が校内に入ることは不可能だ」

小向はつぶやいた。

犯人もそれを知っていて、空からの搬入を指示しているのだろう。

西側の住宅地にもどると、小向は捜査本部と連絡をとった。爆破予告時間の二十五日十四時二十分が刻々と近づいていた。羽根田校長はその回答を考えているのだろうか。これまでの状況から犯人は予告通り何のためらいもなく校舎を爆破するだろう。

正午前から空から撮影しているテレビ局のヘリコプターを飛行禁止にした。それから間もなく水、食料を吊り下げたヘリコプター二機が高校に接近してきた。最初のヘリコプターは一号館上空でホバーリングをしながら、ロープに吊るされた荷物を降ろし、屋上に着地するとロープを切り離して飛び去っていった。二機目も同じようにして二号館へ荷物を降ろした。

生徒への水、食料はこの輸送で二食分は確保できたが、犯人が態度を軟化させているとは思えない。捜査本部長は高倉署長自らが先頭に立ち、指揮をしている。高倉から佐々木警部宛の連絡を小向が受けた。

「佐々木警部は今、仮眠中です」

「そうか」

「起こしてきましょうか」

「パラグアイのプロバイダーだが、やはりベレンと同じ人物らしき日本人がアスンシオンの日系人文化協会に寄付していた。それを伝えておいてくれ」

「おそらくそのパソコンをダウンさせても、また違うパソコンを起動してメールを送ってくると思います。それより羽根田校長は犯人にどんな回答を送信するつもりなのでしょうか」

「送信する前に内容をこちらにも知らせるように言ってあるが、本当に思い当たる節がないらしい。蘇州修学旅行の原告家族を当たらせたが、彼らがこの事件にかかわっている様子は現段階ではみあたらない。詳しくは担当者から報告させる」

訴訟グループは以下の三家族だった。

中山俊介、幸恵夫妻は長女の滋子を失っていた。

「夫は食品加工会社の営業マンで、謹厳実直。妻の幸恵は専業主婦。二女がいたが、すでに結婚し孫もいる。娘がなぜ死ななければならなかったのか。学校側の事前調査の杜撰さが大きな原因と考えて裁判は最高裁まで争った。最高裁判決は学校側の責任を認めなくても、二十八人の犠牲者が出たことは事実で、学校側は遺族が知りたいことすべてに明確な回答を出す道義的責任があると考えている。しかし、今回の脅迫事件、学校爆破はとんでもないことで、関係者だと思われること自体迷惑だと怒りをあらわにしている」

川村昇、祥子夫妻の長男彰が死亡。

「川村は一人息子を失い、今も失意のどん底にいる。昇は市役所元職員、祥子は事故後、気を紛らわすためなのか、以前働いていたＮＰＯにもどって、夫婦二人でフィリピンの貧しい子供たちの支援活動を行っている」

谷中浩之、礼子夫妻は次男敬を奪われた。

「浩之は設計技師で設計事務所を経営している。妻は会社の経理を担当。敬は父親と同じ道を目指して大学進学を考えていた。杜撰な方法で海外への修学旅行を決めたことに激しい怒りを覚えている」

しかし、三組の親が怒りから学校を爆破するとは到底思えない。ごく普通の市民生活を営んでいた。

また途中和解した矢内昌代、瀬戸大輔、日高善一の親たちもまったく同じで、再びマスコミの取材にさらされ、不快感を隠さない。特にパトカーが自宅近辺に事件発生直後から常駐していることに対しても、容疑者、犯人扱いにされていると湘南台署に激しく抗議をしていた。

「現場の感触としては、今回の犯行グループと結びついているとは考えられません」

裁判で争った原告団と事件の関連を、捜査にあたった刑事は否定した。

こうしている間にも爆破予告の時間が迫ってきていた。佐々木はドロのように眠っている。しかし、もう起こさなければと思った。小向は常駐警備車両に乗りこむと佐々木を起こした。

「お疲れでしょうが、爆破予告時間が迫っています」

佐々木は一声かけるだけで感電したかのようにとび起きた。小向は高倉署長から聞いた話と訴訟グループの状況を伝えた。

「予告時間まであと一時間か」

腕時計を見ながら、佐々木が言った。

佐々木はすぐに高倉署長を呼び出した。

「羽根田校長には思い当たることはまったくないらしく、犯人にどう答えていいのか、まだ決めかねている状態です。しかし、どんなことをしても犠牲者は出さないようにしないと……」

高倉が答えた。

北側からの突入に犯人は斜面を爆破、強行突破は阻止された。

「金網フェンスにセンサーが仕掛けられていましたが、爆破地点はそこからかなり先です。殺そうと思えば、センサーの近くに仕掛けたはずです。犯人は人を殺す意思はないでしょう」

佐々木は高倉の不安を払拭しようとして言った。

「警告の意味でそうしただけで、犯人に殺人の意思がないと判断するのは拙速すぎませんか」

高倉が疑問を呈した。その通りだが、長年現場で捜査に当たってきた刑事の勘がそう思わせるのだ。

午後二時、爆破まで残りあと二十分になっても、羽根田は優柔不断な性格らしく、犯人への回答メールをためらっている。高倉が再三にわたって電話しても羽根田は「まだです」と答えたようだ。

午後二時十五分。ようやくメールを発信した。

〈あなたたちの要求に答えるべく、全職員を集めて検討しましたが、湘南台旭日高校がなぜ破壊されなければならないのか、その理由など私たち職員には思い当たることはありません。とは言え、正門やグラウンドを爆破しなければならないほどの怒りを買う理由が、私たちの認識していないところであるのかもしれません。それならば理由を明確にさえしていただければ、謝罪する用意はあります〉

羽根田は犯人に送信したメールを捜査本部に転送してきた。捜査本部が検討を加える余裕はなかった。

小向は佐々木が吐き出すタバコの煙が煩わしいらしく、西側に詰めたパトカー、常駐警備車両の間をせわしなく行ったり来たりを繰り返している。

午後二時二十分。爆発音が響き渡った。西側からでは場所がわからない。パトカーの無線が激しくがなり始めた

「三号館で爆発があったもよう」

佐々木は小向と一緒に正門にパトカーを走らせた。正門前に着くと、三号館四階すべての教室の窓ガラスが四方八方に散り、爆発のすさまじさを物語っていた。その一室から黒煙がかすかに流れていた。三号館には教職員も生徒もいない。犯人はそれを承知の上で爆破しているのだろう。

「爆破された教室はメモリアル室のようです」

警官が佐々木に報告した。

「メモリアル室って何だ？」

蘇州で死亡した生徒の遺影、生前のアルバム写真が飾られている部屋ということだ。

「やはり犯人は蘇州修学旅行で子供を失った遺族の関係者ではないでしょうか」

小向が佐々木の耳元でつぶやいた。その時、羽根田から佐々木に電話が入った。

羽根田は罠に落ちた猪のようなうろたえぶりだ。

「早く犯人を逮捕してください。このままでは私たちも生徒も殺されてしまいます。

警察はわかっているんですか、この深刻な事態が」

「落ち着いてください。校長がとり乱せば、他の教職員、生徒がパニックに陥ります。

冷静になってください」

なだめるのに必死だった。一号館、二号館の状況を知りたいが、羽根田自身がパニック状態で、「犯人を逮捕してくれ」と叫ぶばかりだ。

羽根田の狼狽振りからは、一号館、二号館の生徒の様子を把握しているようには思えなかった。

四百人の生徒と教職員は二十四時間人質にとられ、忍耐は限界に達しているだろう。

犯人と直接交渉しなければ、状況はさらに悪化する。

「犯人から必ず連絡があります。生徒が限界にきているからと人質の解放を求めてください」

「そんなことをして犯人たちを怒らせれば、また校舎が爆破されかねないでしょう。三号館だから犠牲者は今のところ出ていないだけです」

羽根田は脅えきっていた。このままでは犯人の思うつぼだ。校舎の中に捜査員を送りこみたいが手も足も出せない。

「メモリアル室を爆破したのは、犯人がやはり蘇州の修学旅行事故に遺恨を持っているからでしょう。思い当たる節はないのかもう一度考えてみてください」

羽根田とのやりとりは実がなく、溶鉱炉から溶けた鉄が飛び散るように苛立ちだけがはじけ飛んだ。

「本部に連絡して、西側住宅とパークハイツレジデンスの聞きこみがどうなったかを聞け」

小向が無線で捜査本部に問い合わせる。小向の口調も怒鳴っているようだ。

捜査本部がつかんだ情報を伝える。それを頷きながら聞き、メモしている。

「了解。引きつづきパークハイツレジデンスを頼む」

小向が佐々木のところに駆け寄ってきて、捜査本部からの情報を伝えた。

「西側住宅の家で、事故に遭遇した元生徒、鰐淵康介が暮らしています。あの住民不在の家です」

　三人が乗り越えた塀際に建つ家だ。

「まだ住民は見つからないのか」

「家族の話だと、もう何年も前から消息不明で、現住所に住んでいることさえ知らなかったそうです」

「鰐淵はいつからあの家に住んでいるんだ？」

「去年の夏くらいに引っ越してきたそうですが、近所の人はほとんど鰐淵を見ていません。深夜、四トントラックを玄関前に止め、荷物を積みこむ鰐淵らしき男を一、二度目撃した近隣住民がいるくらいです」

「そうか。とにかく居場所を探せ。一人ひとりつぶしていくしかないからな」

　佐々木は自分に言い聞かせるように言った。

　午後三時過ぎに高倉署長自ら現場に姿を見せた。マスコミ陣に見られないように、西側の住宅街に車を止めた。

　佐々木、小向は高倉に呼ばれた。

「機動隊、爆発物処理隊、捜査員は交替しながら捜査、警備をつづけています。お二人も少し休んでください。私がしばらく現場を担当します」

「大丈夫です」と小向は答えたが、佐々木は事件解決まではまだ当分時間がかかると考えた。

「ありがとうございます。署の方で休んできます。何かあればたたき起こしてください」

佐々木は小向を連れて、湘南台警察署にもどり、睡眠をとることにした。署にもどると、自宅から着替えが届いていた。小向は近くにあるコンビニへ下着を買いにでかけた。


高倉もこれまでのやりとりで、羽根田校長は危機管理能力に欠けていると判断していた。犯人が納得する回答が出せなかったことで、第二、第三の要求をしてくることは十分に予想できる。しかし、羽根田にはその対応はできないだろう。

高倉は羽根田に直接連絡して、一、二年生の健康状況を把握させた。発熱している者、精神的に不安を訴える者が続出していた。

「病人の解放を要求するメールを犯人に送信してください」

高倉はそれが拒否されれば、医師、看護師の派遣を認めるように交渉させるつもりだ。内心では拒否されることを願っていた。看護師に紛れこませて、婦人警官を内部にもぐりこませることができる。膠着した状況を打開するには、捜査員を中に潜入させる必要がある。

「すぐにでも医師の診察を受けさせなければならない生徒は男子十一人、女子十六人、合計二十七人です。この生徒だけでも解放してほしいと、犯人に今メールしました」

犯人は即座に回答してきた。

〈病人の解放を認める。グラウンドの一塁ベース付近までの教職員のつき添いを認めるが、そこから先は生徒だけで南門から出ること〉

日はまだ落ちていない。周囲からもその様子は見えるし、テレビ中継も、生徒が解放されるシーンはすべて放映することができる。犯人は世論の動向にも気を配っている。高倉の思惑は立会いと同時にけたぐりを食らった力士のように、一瞬にして吹き飛んでしまった。

病人の解放は返信メールがあったのと同時に開始された。生徒たちも携帯電話で親と連絡をとり合っているのか、南門には解放される生徒の親たちがすぐに集まった。

生徒たちが教職員に伴われて、よろよろとした足どりで一号館、二号館から出てきた。教室からは同級生が身を乗り出して、解放される生徒を見守っている。病人の生徒も時々後ろを振り返りながら、一塁ベースに向かって歩いてくる。

南門には救急車が生徒を病院へ搬送しようと、赤いランプを点灯して待機していた。一塁ベースからは、生徒たちだけで南門まで歩いてきた。マスコミは非常線の外からその映像を撮影している。親たちは門扉の前で、わが子を待ち受けていた。

門を一歩出たところで親子は抱き合った。その様子がテレビに流れた。生徒たちはすぐに救急車で最寄りの病院へ搬送されていった。その後を親の車が追った。衰弱しきった生徒の姿を見れば、世論は警察批判に傾く。犯人に警察は翻弄されっぱなしだ。事件発生から丸一日経過するのに、犯人像さえつかむこともできない。

蘇州事故に遭遇した生徒の消息を当たっていた捜査員が新たな情報をつかんだ。

「神田林豪が五億円の横領容疑で指名手配になっています」

「五億だって」高倉は怒鳴るようにして確認した。

「そうです」

「何者だ、そいつは」

「神田林豪、湘南台旭日高校を首席で卒業、現役でW大学理工学部に進学、博士課程に進み、常にトップの成績。F電器に就職、コンピューター開発部門に所属。F電器を懲戒解雇され、刑事告発されています。神田林本人は昨年の六月頃、海外へ逃亡したと思われます」

「手配写真はあるのか」

「あります」

「その写真を汎アマゾニア日伯協会へ送って、パソコンを寄付した人間と同一人物かどうか確認してもらってくれ」

高倉は時計を見た。午後六時をまわっていた。あと三時間もすれば汎アマゾニア協会の堤事務局長が出勤してくるだろう。堤事務局長に写真を見せれば、大貫巧と名乗った男が、神田林豪かどうかわかるはずだ。パソコンの開発セクションにいたのなら、ブラジルであろうが、パラグアイだろうが、遠隔操作をするくらいは、いとも簡単にやってのけるだろう。

高倉は羽根田校長に連絡を入れた。

「二十七人の生徒は病院へ搬送されました。他の生徒の様子はどうですか」

「もはや限界です」

「生徒だけでも解放してほしいとメールを送信してみてください」

犯人がどう出てくるか。予断は許さないが、病人の生徒をあっさり解放したところをみると、生徒に危害を加える気はなさそうだ。

羽根田のメールに犯人が反応したのは、その三時間後だった。あと五、六分で午後十時になる。

〈元校長の磯部匡と引き替えに、一年生を解放する〉

磯部匡は、創立者磯部仁三郎の長男で、二代目校長を務めた後、理事長に就任した。湘南台旭日高校を神奈川県屈指の名門進学校に育てあげたと教育界ではいわれている。ワンマン校長として知られ、蘇州修学旅行も彼の独断で決めた。バブル絶頂期で高校生の海外旅行も決して珍しくはなかった。

修学旅行のコースは引率教師が全行程を視察するように、文部省によって指導されている。磯部は妻を伴い一部を見ただけで、全コースを下見していたわけではなかった。自分が見たい蘇州の名所旧跡を見学し、あとは旅行社任せだった。そのことが裁判では大きくとり上げられた。

しかし、そのことと事故を予見できたかどうかは別の問題とされ、結局、湘南台旭日高校は法的責任を負うことはなかった。マスコミによって道義的な責任は厳しく追及されたものの、磯部はその後も湘南台旭日高校の校長をつづけた。経営手腕にも優れ、老朽化した校舎、体育館などを次々に建て替えていったのも、磯部の実力だと見られていた。

その磯部を人質に差し出せということは、やはり蘇州修学旅行事故の遺恨が背景にあると思われる。

磯部が人質になることに同意するかどうか。高倉にとってはおそらく自分の父親と同じくらいの年齢だろう。高倉には磯部を連れてくる自信はなかった。こんな時に頼りになるのが佐々木だった。

捜査本部がベレンの堤事務局長に問い合わせたところ、パソコンを寄付してくれた大貫功は、指名手配中の神田林豪と同一人物であることが判明した。

# 第四章　同時刻

「やはり蘇州修学旅行事故と何らかの関係があるのではないでしょうか」

日本史を担当している袖口学は、羽根田校長のパソコンに送られてくる犯人からのメールを、国生と交替でチェックするように命じられていた。

「校長先生は何か思い当たることはないのですか。このままでは生徒がまいってしまいます」

三十人の教職員はほとんど一睡もせずに、教室と職員室を行ったり来たりしながら、生徒のケアに当たっていた。教師の中にも、羽根田の対応に不満を抱く者も出てきた。

羽根田は元校長の磯部の信頼も厚く、磯部が退くと校長に就任した。磯部ほどのカリスマ性はないが、一流大学への進学率は羽根田が就任するとさらに上昇した。

少子化が進む中で、受験者数も増加し、学校経営は一層安定していた。その羽根田に不満をぶつけるには躊躇《ちゅうちょ》せざるを得ない雰囲気があった。他の職員は袖口が羽根田に疑問を投げかけるのを待っていたのだろう。

袖口は湘南台旭日高校の教師になってまだ七年しか経っていない。蘇州列車事故が起きた時、袖口は小学校二年生だった。父親の袖口智彦も引率教師の一人として蘇州修学旅行に同行し、事故の犠牲となった。

袖口学は中学を卒業すると、湘南台旭日高校に進み、横浜国立大学を卒業後、母校の教壇に立った。羽根田の心の中にも、かつての同僚を死なせ、自分は生き残っているという後ろめたさがあるのか、袖口学には日頃から気をつかっていた。

「野々村先生、尾長先生、島崎先生、国生先生、何か犯人について思い当たる節はありますか」

羽根田は職員室に響きわたる声で蘇州修学旅行を引率した教師四人の名前を呼んだ。

「わかりませんね。二十二年前の事故ですよ。裁判の原告団の中に、今回の関係者がいるとも思えません。最高裁判決に不満があったとしても、こんなやり方で学校側に報復する方たちではありませんわ」

尾長がすぐに椅子から立ち上がり答えた。それに促されて島崎、国生も同じ意見を述べた。教頭の野々村だけが黙りこんでいた。

「野々村先生はどう思われますか」

教頭とは名ばかりで、自分の意見を述べたことがない。羽根田の意見に常に同意する野々村の姿しか袖口は知らない。年齢的にも校長のポストに就くのは無理で、数年後には教頭のまま退職するだろうと周囲からは見られている。

「私には見当もつきません。学校を爆破されたり、人質にとられたり、ここまで恨まれる理由なんて我が校にはありません」

　いつもとは違って珍しく自分の意見を述べた。大事件の渦中にいて、常日頃のように羽根田べったりの意見を述べるわけにはいかないと判断したのだろう。

「磯部校長、いや、磯部さんは学校に来てくれるのでしょうか」

　誰もが抱えている不安を、世界史を教えている富岡が尋ねた。

　磯部──羽根田の校長交替に反対意見を述べて、一人蚊帳の外に置かれている教師だ。生徒に対しては「大学選びは偏差値だけで考えるのではなく、自分が何を学びたいのか、将来どう生きるのかを考えて選ぶんだ」と熱い口調で語りかけていた。袖口はそんな富岡を内心尊敬していた。

「警察が説得に当たると言っていましたが……」いつもの羽根田の威圧的な口調ではない。

「来てくれるのでしょうね」富岡は念を押すように言った。「生徒の命がかかっているんだ」

「そう信じています……」

　羽根田は不安な顔をした。

「信じているではすまされない話です。教師が生徒の命を守るのは当然で、犯人が一年生を解放するというなら、磯部さんはすぐ駆けつけるべきです。もし来ないなんていうなら、こちらから電話して無理やりにでも来てもらうべきです」

富岡はこみ上げる怒りを押し殺し、努めて冷静に振る舞っているように思えた。

他の教師も富岡に促され、羽根田に意見を浴びせた。

「磯部先生も交えて、犯人の動機解明をもう一度引率された先生たちと一緒に検討してみてくれませんか」

「犯人たちは本気で校舎を爆破しています。冗談半分の脅迫ではないのは明白です。一年生が解放されたとしても、二年生と私たちが人質です。犠牲者を出さずに問題を解決するには、犯人の要求に答えるしかありません。警察の説得を待っているなんて悠長なことをしていないで、羽根田校長が磯部さんを説得すべきです」

日頃の羽根田の傲慢さに対する不満が一気に噴き出した。生徒の命と同時に、自分たちの命さえも危険にさらされているのだ。通常の職員会議のように右へならえ、では許されない。

「今、ここで議論しても仕方ありません。警察の説得を待ちましょう。いくら校長を退かれたとはいえ、ご自分が関係していた修学旅行です。理事長としての決断をしてくれるでしょう」

袖口が怒りと不満で爆発寸前の先輩教師をなだめた。

教師たちは自分の席にもどるか、自分の担任クラスの様子を見に行こうとした。その矢先に羽根田の携帯電話が鳴った。羽根田の着メロは韓流ドラマ「冬のソナタ」のテーマ曲だった。普段ならとり立てて問題にもならないが、そのメロディーが鳴るたびに、職員は緊張した。羽根田はその着信音を変える気も止める気もないらしい。そのことがなお一層激しく他の教師を苛立たせていた。

　反射的に羽根田が電話に出た。

「エッ、犯人がわかったのですか」

　大きな声に、再び教師が羽根田をとり囲んだ。相手は捜査本部長の高倉署長らしい。

「はい」という返事に異様な力をこめて答えている。進展があったのは、羽根田の表情からもうかがえる。

「わかりました。できる限りの情報を集めてそちらに報告します。それと磯部元校長の件、くれぐれもよろしくお願いします」

　こう言って羽根田は電話を切った。

「犯人の一人が判明しました。しかし、この情報は生徒にも家族にも知らせないでください。警察からの強い指示がありました」

　羽根田は金縛りにあったように、体を強張らせて言った。

「犯人の一人はこの学校の卒業生で、蘇州事故に遭遇した一人です」

　教師たちは誰もが薄氷の上を歩くように緊張しきった顔をした。

「神田林豪が関与していることが警察の捜査で判明しました。彼についての情報を求めてきました」

袖口は血が逆流する思いだった。他の教師は背中に焼き鏝を押されたような顔をしている。

――神田林豪

湘南台旭日高校の伝説とも言われた秀才だ。

袖口が神田林の話を聞いたのは、湘南台旭日高校に入学してからだ。蘇州修学旅行に行くまでの成績は下から順番を数えた方が早かった。ワースト10の常連だったようだ。しかし、事故後、人が変わってしまったように勉強に集中した。一年後、二年三学期の成績は学内トップだった。三年生はそのままトップを維持し、現役で第一志望のW大学に合格し、大学、博士課程もいずれも首席で卒業していた。

なぜ勉強するようになったのか、蘇州の事故と関係があるのか、神田林は誰にも心のうちを明かすことなく卒業していったらしい。

「あの真面目な神田林が犯人の一人だって、信じられない。警察の誤った捜査と違うのですか」

富岡がたまりかねたように言った。

「高倉署長からの連絡です」

「彼についての情報といっても、本人の話では毎日三時間か四時間しか寝ていないということだったが、授業中居眠りさえしなかった。食事とトイレに費やす時間以外はすべて勉強していた。それくらいに真面目な男ですよ。彼についての悪い評判なんて何一つない」

富岡が言い切った。おそらく他の教員も同じ思いだろう。

「高倉署長から電話が入っています」

佐々木は仮眠室で寝ているところを起こされた。枕元にある内線電話を受けとると、

「至急、現場に来てくれますか」という高倉の声がした。

「わかりました」とだけ答えて、電話を切った。

同じ仮眠室で寝ていたはずの小向がいない。小向の携帯電話を鳴らした。最初の呼び出し音と同時に出た。

「すぐもどれ」

「はい」という小向の声を聞き終える前に佐々木は電話を切っていた。トイレに駆けこみ顔を洗った。

パトカーに乗りこもうとすると、息せき切って小向がもどってきた。

「すみません」

「どこへ行っていた」

一瞬間があった。

「寝ていました」

「お前の場合は、女と寝ていましただろう」

小向が黙って頭を下げた。

「ほどほどにしておけよ」

佐々木にも経験があった。規律に縛られた生活の上、極度の緊張を強いられる。そのストレスから逃れるために、酒や女で気を紛らわせる。中には自制が利かなくなり破滅していく者もいる。しかし、小向を見ていると、佐々木らの世代とはずいぶん違う気がする。

小向はバブル全盛時代に青春時代を過ごしている。ほしいものはすべて手に入るような暮らしをしてきた。その結果、努力することを経験せずに成長してきた。努力することを格好悪いと考えるような世代だ。小向はしばしば「佐々木さんたちの世代が羨ましい」と口にした。

「自分が何をして生きていくべきなのか、確固たる信念を持って生きているように見えます。それが羨ましい」

「お前は違うのか」

「僕らは、これに賭けて生きるというものが見出せない世代です。生きているという実感がほしくて警察官になりました」

　小向の周囲に警察官の親戚がいて、その影響で警察官の道を選択したとばかり佐々木は思っていた。その話を聞いてから、強盗殺人などの凶悪事件を担当した時の熱の入れ具合が普段とは違っていることに気づいた。そして精神的高揚を自分でも抑制できないのか、ソープランドに通った。

「佐々木さん、怒っていますか」

　小向が唐突に聞いてきた。

「怒っていない。なぜそんなことを聞くんだ」

「さっきから黙りこんでいるから」

「息抜きをするのはかまわん。しかし、ほどほどにしておけ。体力勝負の仕事なのだから、眠れる時には眠って体力を温存し、回復するようにしろ」

「わかりました」

　パトカーは高倉が待っている校舎西側の住宅地に着いた。精悍な制服姿の高倉もさすがに脂ぎった顔に変わり無精髭が伸びていた。

「早速ですが報告します」

　犯人の一人が神田林豪と判明。そして、犯人からメールが届き、元校長の磯部が学校内に入ることを条件に一年生を解放すると言ってきた。

「磯部を説得してここに連れてくる役目をお願いしたいのですが」

「事件の根底には蘇州事故があるのは否定しがたいようですね」

佐々木は確認を求めた。

「磯部が説得に応じれば、羽根田校長、野々村教頭、島崎、尾長、国生の引率教師五人、蘇州修学旅行を決定した磯部、関係者がすべて揃います」

「わかりました。すぐに磯部の家に向かいます」

磯部は横浜市緑区長津田町に住んでいる。昔は山林と田畑しかなかった地区だが、東急電鉄が開発に乗り出し、ＪＲ横浜線だけではなく田園都市線が開通するとまたたく間に高級住宅地に変貌した。磯部はその新興住宅地にひときわ瀟洒な家を建て暮らしていた。門柱から玄関までは平らな敷石が並べられ、職人の手が入った松や梅などの植えこみが目をひいた。バブル期なら一億円を超える豪邸だ。

着いたのは夜の十一時過ぎだ。走行中はサイレンの音を鳴らしっぱなしで、家の前でサイレンを止めた。呼び鈴を押すと、すぐに玄関のドアが開き七十代半ばの男が門扉まで走り出てきた。

「磯部匡さんですね」佐々木が聞いた。

「そうですが……」

門にとりつけられた外灯の明かりに映し出された磯部の顔には、脅えが浮かんでいる。

「実は折り入ってお願いしたいことがあります」

「何でしょうか」

「磯部さんが校内に入ることを条件に、犯人は一年生を解放すると言ってきています」

「私に人質になれということか」

磯部は部下を叱責するような口調で聞いた。

「その通りです」佐々木は抑揚のない返事を返した。

「この話はマスコミに流れているのですか」磯部の口調は元にもどった。

「いいえ、今のところは流れていません。しかし、犯人はパソコン、インターネットを駆使して要求を学校側に突きつけています。事実がマスコミに漏れるのは時間の問題でしょう」

「私は高血圧の持病もあるのだが……」

「時間がないのです。行くのか行かないのか、すぐ結論を出してください」

佐々木は死刑判決を言い渡す裁判長のように冷徹な口調で言い放った。

磯部が人質になることを拒否すれば、マスコミはこの事実を報道するだろう。そうなれば磯部の教育者としての実績とこれまでの評価、名声はすべて水泡と帰す。残りの人生を針の筵に座って過ごすことになるだろう。

「わかりました。すぐに用意をします」

磯部は自宅の中に入った。厚手のセーターにブレザーを着て出てきた。元看護師の妻が門扉まで出てきて、「薬です」と言ってブレザーのポケットに薬の袋をねじり入れた。蘇州の視察に妻を同行させたことについて、磯部は健康に不安を抱えていたために、妻を帯同させたと弁明していた。

磯部を二人で挟むようにして後部座席に乗りこむと、すぐに事情聴取を始めた。

「神田林豪という卒業生にご記憶はありますか」

「もちろん。彼がどうかしましたか」

「犯人の一人だと判明しました」

佐々木の説明に磯部は石のように押し黙ってしまった。

「大丈夫ですか」小向が磯部の顔を覗きこむようにして聞いた。

「神田林は湘南台旭日高校の誇りです。その彼がまさかこんなことをしでかすなんて……。刑事さん、誤認ではないのですか」

「いいえ、間違いはありません。それに神田林は一年ほど前に会社の金五億円を横領し、指名手配になっています」

「横領ですか」

磯部は絶句した。小向が執拗に神田林について訊いたが、事件に関連するような事実は何一つ聞き出すことができなかった。

校舎西側にマスコミに知られないようにパトカーを着けると、佐々木は羽根田に電話した。日付は二十五日から二十六日に替わろうとしていた。

「今、磯部元校長をお連れしました。犯人にメールを送信して、磯部元校長が校内に入るから、同時に一年生を解放するように求めてください」

犯人からの返信メールはすぐに届いた。

〈ナイター用照明をすべて点灯し、磯部は南門から一人で二号館に入れ。その後、一年生は一号館を出て南門から退校させろ。生徒以外の者が校門から出れば、即座に仕掛けてあるダイナマイトを爆発させる〉

突然、グラウンドに照明が灯された。佐々木は高倉に磯部を任せた。

「どこで犯人が見ているかわかりません。なるべく私や小向はマスコミやヤジウマの前に姿を見せたくないのでお願いします」

「わかりました」

高倉はパトカーに磯部を乗せて南門にまわった。

佐々木は生徒を南門から移動させるためのバスを手配させた。家族に引き渡すのを南門周辺で行えば現場は混乱する。マスコミが入りこむことも予想される。生徒をバスで五分ほどの距離にある湘南台公園まで移動させ、そこで家族に引き渡すように指示を出した。

南門の周辺はマスコミが撮影用のライトを灯し、昼間のような明るさになっている。犯人にも、南門の様子がすべて見えているのかと思うと、腹立たしさと同時に不気味さを感じる。

テレビ各局が放映している番組を中断して臨時ニュースを流し始めた。佐々木は機動隊の常駐警備車両に設置されたテレビで南門の様子を見つめていた。高倉と磯部の二人の姿がアップに映し出された。レポーターは何が起きているのか理解できずに、〈事態に変化があった模様です。誰か男性が南門から入っていくようです〉と同じコメントを繰り返しているばかりだ。

磯部が南門からグラウンドを歩いて二号館へゆっくりと歩いていく姿が映し出された。

南門前にバス四台が次々に入ってくる。

〈人質が解放されるのでしょうか。警察からは何の発表もなく、突然、事態は大きく動いているようです〉

磯部が校内に消えると、間もなく一号館から生徒が出てくる姿が見えた。両脇を仲間に支えられている生徒もいれば、毛布を被ったまま出てくる女子生徒の姿も見える。

〈人質が解放されています。人質の解放が始まりました〉

広報から流されたのだろう。犯人は磯部を人質にする代わりに、一年生を解放すると伝えてきた。その条件をのんで磯部が校内に入った事実を告げた。一年生の担任教師が一号館の前で留まり、生徒を見送っている。

後ろを振り返る生徒に手のひらで追い払うようにして、「早く出ろ」と言っている仕草の教師が映された。

人質解放は午前二時には完了し、グラウンドの照明が落とされた。再び重く暗い静けさが周辺にもどってきた。高倉もグッタリした顔つきで常駐警備車両にもどってきた。

「しばらく休んできてください。おそらく今晩はこれ以上の動きはないでしょう。とにかく体力をお互いに消耗しないようにしましょう」

佐々木の言葉に高倉は「そうさせてもらいます」と署にもどっていった。いくらエリートとはいえ、四十歳そこそこで四百人の人質をとり、ダイナマイトで次々に校舎を爆破する犯人との対峙は緊張の連続だろう。一つ対応を誤れば、犠牲者が多数出るだろうし、そうなれば引責問題にも発展する。

捜査本部も休みなしで捜査員にも疲労が蓄積している。交替しながらの勤務とはいえ、肉体的な疲労よりも、いつ刺されるかわからないような緊張感が眠っている間もつづき、ふとした物音にも飛び起きてしまう。その緊張感を抑え、熟睡できなければ肉体が軋みをあげ、結局、この世界では生きていけない。心を病んで退く者も出てくる。

一号館の照明は落とされ、二号館だけに煌々と明かりが灯されている。

磯部は酒を飲んでいたわけではないだろうが熟柿のような顔色で、苦りきった表情を浮かべて職員室に入ってきた。

「警察に呼ばれてきたが、これはいったいどういうことかね」

磯部は苛立ちを羽根田にぶつけた。羽根田自身にも、何が起きているのかもわからず、しかも二日間にわたって睡眠らしい睡眠はとっていない。叱責されても答えられるはずもなかった。

「正門が爆破された日付、時間は蘇州事故とまったく同じです。メモリアル室もやられました。磯部先生を人質に一年生を解放しています。神田林豪が犯行に加わっていますます。こうしたことを考え合わせると、やはり蘇州列車事故とつながりがあるのではないでしょうか。我が校を破壊しようとしている連中の動機について、何か思い当たることはないか、磯部さんも真剣に考えてください」

富岡が口ごもる羽根田に代わって言った。犯人の要求を解明しようと思っているだけだが、過去の遺恨のせいか、磯部には棘のある言葉に聞こえたようだ。

「私が犯人の恨みでも買っているとおっしゃりたいのですか」

「その可能性は否定できないと思います」富岡が答えた。

「落ち着いてください。ここで私たちが言い争っていても仕方ありません。まだ二年生が人質にとられています。学校破壊の動機を皆で真剣に検討してみましょう」

袖口が間に割って入った。

「蘇州事故に関係していると言いますが、ただの偶然ということもあるし、それに遺族に対する補償も真摯に進めてきたつもりです。不幸にも裁判になりましたが、湘南台旭日高校に事故の責任はないと最高裁も判決を下しています。これで怒りを買うなら、もはや言いがかりでしかありませんね」

磯部は蘇州列車事故に触れられるのが、よほど不快らしい。

「神田林豪ですが、ワースト10からトップの成績に上り詰めた湘南台旭日高校の伝説の生徒だと、私は聞かされていました。事故後、死んだ仲間の分まで勉強しなければと頑張りW大学に進学したというお話しですが、彼がなぜこんなことをしでかすのか、磯部先生は何か感じることはありませんか」

袖口が尋ねた。

「ここに来る途中、刑事さんたちからも聞かれましたが、いまだに信じられません。彼が犯人だなんて」

磯部は即答した。やはり神田林の豹変振りに誰もが戸惑いを覚えているのだろう。

「事故後、彼自身、勉学に打ちこみ、先生たちも一年生の時の遅れをとりもどせるように、親身になって補習授業をしてきたのに、恩を仇で返されたようなものです」

羽根田が相槌を打った。

「神田林豪は、事故の時、何号車に乗っていたのですか」袖口が聞いた。

磯部と羽根田が、一瞬、視線を合わせた。二人の間に気まずい空気が流れた。そんな印象を袖口は受けた。

「確か二号車でした」

羽根田が記憶を手繰るように、視線を泳がせながら答えた。

犠牲者二十八人、すべて二号車に乗っていた。

「神田林は数少ないその中の生存者ということですね」

袖口が念を押すように言った。父親の智彦も二号車に乗車していて死亡した。

事故現場は単線だった。湘南台旭日高校の生徒を乗せた列車は、待避線で対向車の通過を待ってから本線にもどり出発するはずだった。しかし、運転手が信号を見落とし、そのまま直進し対向列車と正面衝突してしまった。三号車は二号車の上に乗り上げる格好になり、一号車はトコロテンを押し出すように二号車を押しつぶした。

　他の教員は、磯部と羽根田のとりとめのないやりとりに期待が薄れていくのか、二年生を担当している教師は「生徒の様子を見てきます」と各教室に行ってしまった。残りの教師も、二人には動機の解明は無理とわかり、自分の机にもどり頭から毛布を被り仮眠をとろうとする者もいた。

　校内に閉じこめられて、二回目の朝が数時間で明ける。生徒も教師も、肉体的限界に達していた。

# 第五章　犯人像

事件発生から三日目を迎えてしまった。佐々木は高倉から一度捜査本部にもどるように命じられた。ローラー作戦で得られた情報を踏まえて、今後の展開をどうすべきか作戦を練り直すつもりなのだろう。

佐々木と小向が湘南台署にもどると、聞きこみに当たった責任者の大角、機動隊の吉崎、爆発物処理隊の朝田、鑑識の大場らはすでに会議室で、佐々木らの到着を待っていた。

会議はすぐに始まった。高倉が緊張した面持ちで口火を切った。

「すでに三日目に入り、人質の健康状態も限界ぎりぎりの状態だと思います。犯人の一人は割れました。かなり計画的で単独犯とは到底考えられず、共犯がいると思われます。その点について、大角さんの方から捜査状況を報告してもらいます。すでに強行突破してでも、人質を救出せよという意見も出はじめていますが、まだ二百人以上の人質をとられている状況では慎重に解決策を探っていかなければならないと考えています」

大角が資料を配布した。神田林豪の容疑事実が記されていた。

「神田林はF電器から五億円を横領したとして告発されています。お手元の資料をご覧ください」

神田林は大手メーカーのF電器に就職して以来、パソコンの開発セクションに在籍し、F電器とこれまで取引があり、大量のパソコンを導入する法人向けに、その会社が必要とするソフト開発を担当していた。

「優秀な社員であったことは間違いありませんが、特異な性格をしていたようです」

営業スタッフがとってきた仕事を神田林は完璧にこなした。しかし、それには条件があった。発注者側との交渉はすべて営業部が担当し、いっさい打ち合わせや会議などに、神田林は同席しなくていいという制約つきだった。

神田林は入社以来、同僚、上司とほとんど話をすることはなかった。自分の席に座り、食事とトイレ以外には席を立つことはない。上司に呼ばれても、会話は「はい」か「いいえ」の二語ですませた。他の社員から不気味がられた。

「心を病んでいるのではないかと疑われ、入社して間もなく行われた定期検査では精神科医の診察も受けたそうですが、診断結果は健康そのもので、問題なしとされました」

指示された仕事に対しては文句一つ言わなかった。翌朝上司が出勤するまでパソコンに向かって残業をこなしていたこともあった。そんな日が幾日もつづき、神田林のタイムカードは午後六時から八時くらいに出社し、翌朝、他の社員が出社する頃に帰宅することが多くなった。そして、それが神田林の日常になってしまった。

労組があったが、神田林は労組に加盟することもなく、異様ともとれる勤務形態が表立って問題にされることもなかった。その背景には、神田林が開発した会計ソフトがヒット商品となり、それまで苦戦を強いられていたF電器の収益を大幅に引き上げる一因となったことがある。

F電器はそのソフトで特許権を取得した。しかし、神田林に知的財産権を求める訴訟をおこされれば、F電器は十数億円を神田林に支払わなければならなくなると、業界筋では見られていた。そのため神田林はヘッドハンターから、破格の給与で常に誘われていた。結局、会社側もフレックスタイム制度の一形態として、神田林の変則的な勤務を例外的に認めざるを得なかった。

「F電器は神田林を横領で告発しましたが、同時に国税局の査察を受け、現在も調査が進められています。神田林の横領発覚から告発までにかなりの時間が経過していますが、脱税が露見するのを恐れていた節がF電器にはあります」

実はF電器の経営陣は、神田林の持つ技術を高く評価、自社の経理管理に用いる独自のソフト開発を命じた。国税当局のこれまでの調査によると、二重帳簿の管理ソフトだと思われる。

裏帳簿に携われるのは大和田社長、倉持常務取締役、市川専務取締役の三人だけで、資金移動が可能なのは、大和田だけだった。

「国税当局がそのソフトを分析した結果、三人のパスワードが神田林だけにはわかるようになっていました」

神田林は昨年五月のゴールデンウィークを利用して、マイアミ経由でケイマン諸島のジョージタウンを訪れている事実が判明している。

「目的は、経営陣に気づかれないようにしてF電器の現地法人を勝手に設立することだった思われます。ご承知の通りマネーロンダリングがケイマン諸島の財政を支えていると言われています」

六月にアメリカ法人F電器とのニューヨーク会議に大和田社長の出席が決まっていた。第一週目土曜日の夕方に成田空港を出発、帰国は翌週土曜日の午後だった。

「神田林は社長が出発する前日の金曜日も午後六時に出社しています。土曜日の明け方に大和田社長のパスワードを使って、裏帳簿の金が預金されている秘密の口座に入り、五億円の資金移動を行っています。二億円はケイマン諸島に開設したF電器の口座に振り込み、それぞれ一億円を国内のペーパーカンパニー三社に移動させていました」

神田林は土曜日の朝、会社を出ると関西空港行きの便に乗りこんだ。そこからソウルへ飛んだ事実が搭乗者リストによって確認されている。

「ソウルでチケットを購入し、再びケイマン諸島のジョージタウンへと向かったと想像されます。そこで二億円を現金化し、一部は日本へ還流させ、一部は活動資金に用いていると思われます」

残りの三億円が振り込まれたペーパーカンパニー三社は、市場のリサーチ会社とコンサルタント会社二社。登記簿謄本に記載されている役員は全員所在が不明だった。

「東京や横浜のホームレスの戸籍、住民票が使われたと思われます。現在、この点については調査中ですが、ペーパーカンパニーに振り込まれた金は、いくつかの口座を転々としながら最終的にはすべて現金化されています」

神田林は難なく五億円をF電器から奪っていた。

「ジョージタウンを離れた神田林の足どりですが、ブラジル国パラー州の州都ベレンに大貫巧を名乗って、汎アマゾニア日伯協会にパソコンを寄付しています。さらに隣国のパラグアイにも入国し、同様にパソコンを寄贈している事実があります。

なおブラジル、パラグアイへ入国するには、日本人は査証が必要ですが、在日本のブラジル領事館、パラグアイ領事館で査証を取得している事実はありません。神田林の消息はそれ以上つかめてはいません。指名手配中の神田林が帰国すれば、当然入国審査の段階で身柄は拘束されるはずですが、帰国した事実は現段階では確認されていません。

海外に潜伏している可能性も十分考えられるし、偽造パスパートを使用して、他人になりすまして密かに日本にもどっていることも考えられます。学校にかかってきた脅迫電話ですが、ブラジルで購入した携帯電話で、ブラジルから発信されている可能性もあるし、海外ローミング手続きをとっていれば、ブラジル以外の国でも使用可能です。当然、日本から発信していることも十分にありえます」

要するに神田林は海外に潜伏しているのか、あるいは国内にいるのか、まったく把握できていないということなのだ。佐々木はマルボーロを吸いたい気分だが、署内は禁煙措置がとられている。

「次のページを捲ってください」大角が言った。「蘇州列車事故に遭遇した当時の生徒二人が高校周辺で生活しています」

一人は鰐淵康介だった。

「鰐淵康介は湘南台旭日高校西側の一軒家を去年の夏に現金で購入しています。その購入の仕方が極めて不自然です。西側一帯の住宅は十年ほど前に建売分譲されたものです。旧オーナーの話によると、突然、不動産屋を通じて、家を購入したいという人物がいるので、売ってもらえないかと電話が入ったそうです。オーナーは最初相手にしなかったが、相場の値段よりはるかに高い価格を提示され、売却を決心したそうです。

鰐淵はその住所に住民登録はされていますが、住んでいる気配はありません。周辺の住民に目撃されたのは、深夜の二時から三時頃で、いずれも建設現場で働く鳶職人のようにニッカーボッカーズの格好をしていたそうです。ただし、その人物が鰐淵かどうかははっきり確認されていません。そしてやはり深夜に自宅前に四トントラックが止まっていたのが目撃されています。

また鰐淵は五年ほど前に傷害事件を起こしています。建設現場の作業員と喧嘩になり、ケガを負わせていますが、相手の方も酒を飲んでいたという事情もあり、執行猶予つきの判決が下っています。

最近五年間は住所を転々とかえていますが、どうやら建設現場の住みこみ寮で暮らしていたようです。現住所に移転する前は、八ッ場ダムの建設現場になっています」

鰐淵の移転先が詳細に記されていた。大角が次のページを開いた。

「もう一人は女性です」大角が名前を読み上げた。「藤沢明日美」

藤沢明日美はパークハイツレジデンスC棟の最上階で暮らしていた。

「鰐淵とも共通する点ですが、彼女もまったく同じ方法で、前住居人から札束で頬を叩くようにしてマンションを購入しています。その時期も鰐淵とほとんど同じです。

ただ藤沢は同マンションからほとんど出ないで、外出するのは近くのスーパーマーケットに買い物に行く程度です。捜査員が訪ねても、不自然なところは一切なく、ベランダからなり行きを見守っているようです。

職業は現在無職のようですが、捜査員には以前は風俗店で働いていたようなことを言っているそうです。

藤沢明日美かどうかの確認はとれていませんが、蘇州列車事故が起きた日には、必ず中山滋子、川村彰、谷中敬の墓に花を手向ける女性がいたそうです。それは墓地の管理人あるいは住職が目撃しています。しかし、今年に限って供花はなかったそうです。なお三人の両親は和解の道を選ばずに最高裁まで争った原告たちです」

捜査員の聞きこみでわかった事実を大角は説明した。さらに蘇州列車事故当時の新聞報道や関係者の証言で判明した事実にも触れた。

「列車事故で死亡した生徒は全員二号車に乗っていましたが、神田林、鍔淵、藤沢の三人もやはり同じ二号車に乗車していました。三人には共通点があります」

大角が一際声を大きくし、張りのある声で言った。

「事故後二号車近くで現在の羽根田校長、野々村教頭の二人は中国当局の救出活動を見守っていました。しかし危険だということで中国当局に連行され、二人は現場から遠ざけられてしまった。

その直後なのか、あるいは同時だったのか、現場周辺に暮らす農民や救助隊によって、三号車との連結器付近に座っていた神田林、鰐淵、藤沢の三人が奇跡的に救出されたそうです。現時点でわかっている事実はここまでです」

「この事実を踏まえて、次の手を考えなければなりませんが、補足する点があれば、どうぞ」

高倉が他部署の意見を求めた。

爆発物処理隊の朝田が言った。

「正門及び一塁ベース付近の爆破ですが、周辺に飛び散った破片から、鑑識課の方で、携帯電話の破片を回収しています。おそらく爆薬は携帯電話を組み合わせた発火装置になっていると想像されます。三人の中にダイナマイトの扱いに詳しいと思われる人物はいるのでしょうか」

「神田林はパソコンのソフト開発に当たっているくらいです。ＩＴの専門的知識は当然ありますが、ダイナマイトまで詳しいとは到底思えません。ただ鰐淵は建設現場を転々としていることを考慮すれば、とり扱いに慣れていることは想像できます」大角が述べた。

「藤沢明日美の動きはどうなっているのでしょうか」佐々木が口を開いた。

「事故の関係者だとわかった段階で二十四時間張りこませていますが、本人は気にするでもなく、ベランダから一日中湘南台旭日高校の動きを見ています」大角が答えた。

「まず神田林と鰐淵の所在を突き止めましょう。それと神田林、鰐淵、藤沢と原告六家族、特に最高裁まで争った三家族との接点があるのかどうか、それを洗いましょう。あとは人質の即時解放を犯人と粘り強く交渉する。これを同時にするしかないでしょう」佐々木が言った。

「原告の家族と神田林らとの接点を確かめるのは佐々木さんが担当してくれますか。それと八ッ場ダムその他の建設現場での鰐淵の動きは小向君が担当、現場周辺は吉崎さんに従来通りお任せして、今日は私も現場で指揮をとります」

高倉が強張った顔をして言った。これ以上事件解決を引き延ばすことは社会的にも非難される。警察批判の声はさらにボルテージを上げていた。

会議終了後、小向は早速群馬県に向かった。

佐々木は中山家を訪ねた。横浜市緑区恩田町の閑静な住宅地だった。夫は出社し、妻の幸恵が対応した。玄関を入ってすぐ右側の和室が応接間だった。幸恵は事件以降の警察の対応に抗議してきた。

「私たちは娘を失っているのです。最初から杜撰な計画で、磯部元校長が行なったパック旅行を視察だと言い張る湘南台旭日高校に疑問を抱き、娘のためにも学校の責任を追及し、真実を明らかにしようと思い訴訟を決意しました。校舎を爆破するなどという気が狂った人たちとは関係ありません」

「人質を一分でも早く解放してやりたいと思っています。不躾な質問をしますが何卒ご容赦ください」

佐々木は頭を深々と下げた。

「マスコミにもまだ発表していませんが、犯人の一人はわかっています」

幸恵が息を飲みこんだ。「誰があんなひどいことをしているのですか……」

「神田林豪です。ご存じですよね」

「もちろん知っていますが、それは事実なのですか」

「神田林はF電器の金を横領した容疑で指名手配を受けています」

「大変冷たい子でしたが、彼があんな事件を起こすとは思えません」

幸恵は神田林が事件に関与しているとは信じられない様子だ。

「冷たいというのは、どういうことですか」

「私たちはどういった状況で事故に遭ったのか、詳しい説明は学校から何も受けていません。事故の報告書も中国側の大雑把なものしかわからないのです。事故当時の話を聞かせて欲しいと、生存者にお願いもしましたが、神田林君は私たちに会おうともしませんでした。早く事故のことを忘れて進学の勉強に集中したいというのが理由でした」

「神田林は湘南台旭日高校の伝説の生徒と言われているそうですね」

佐々木はマルボーロをとり出したが、座卓の上に灰皿がないのを知り、再びポケットにしまった。

「成績が良かったからそう言われているだけで、人間的には……。他の生存者は、知っていることは教えてくれましたが、神田林君たちは何も答えてくれませんでした」

「たちと言うと他にも証言を拒否した生徒がいたのですか」

「救出された時の様子を法廷で明らかにしようとしましたが、神田林君と鰐淵君は証言を拒否し、藤沢さんにいたっては所在先がわからないと父親が伝えてきたほどです」

「鰐淵康介に藤沢明日美の二人ですか」佐々木は名前を確認した。

二人の名前が挙がり、幸恵はふいに水をかけられたような顔をした。

佐々木も暗闇で突き飛ばされた気分だ。

「すみませんが、タバコを吸ってもよろしいでしょうか」

幸恵はすぐに灰皿を座卓に置いた。佐々木は火をつけると、あっという間に一本を吸いきってしまった。

「なぜ三人だけは拒否をしたのでしょうか」

「それは三人に聞いてもらわなければわかりません。ただ私たちとしてはどうしても三人の話が聞きたかったのです」

「それはまたどうしてですか」

「他の生存者の証言から、事故直前に私どもの滋子と隣り合わせに座っていたのが藤沢さんで、川村彰君の隣にいたのが神田林君、谷中敬君の隣が鰐淵君でした。何が生死を分けたのか、三人からは裁判が有利になるとか不利になるとかではなく、子供たちの最期の様子を聞きたかったのですが、それもかないませんでした。中国側から提出された『圧迫死』という死亡診断書ではどうしても納得がいきませんでした」

「聞きにくいのですが、内臓破裂とか、遺体の損傷がひどかったということでしょうか」

　幸恵は腸がねじれるような顔をした。

「そうではありません。滋子も、川村君、谷中君も実はきれいな顔で死んでいました」

　怪訝な表情を浮かべる佐々木に幸恵が説明した。多くの遺体は何らかの形で損傷していた。矢内昌代、瀬戸大輔、日高善一の遺体も目をそむけたくなるような状態だった。裁判が進行する過程で、事故の悲惨さを改めて突きつけられ、三人の遺族は耐え切れずに和解に同意したらしい。

　チャーター機で羽田空港に着いた二十八の遺体は学校側が用意した霊柩車でそれぞれの家にもどっていった。

「すべての遺体が冷凍されていました」

　ドライアイスなどで遺体を保存する設備がなく、中国側は遺体を完全冷凍にしてチャーター機に乗せた。衣服はどの遺体も濡れていて、遺体にへばりつき、着替えさせてやることもできなかった。

　原形をとどめないほど破壊された列車から、遺体を収容するために電動カッターなどを用いたが、引火のおそれがあるとして中国当局が放水しながら作業を進めたためだ。

「早く娘の葬儀を出してやりたいと、そればかりに夢中で司法解剖なんて考えも及びませんでした」

　隣り合わせに座っていた藤沢が生存し、滋子の遺体も損傷していないことから、幸恵は死因に疑問を抱いた。

「私どもの捜査では、滋子さん、川村彰、谷中敬の三人のお墓に毎年命日に供花している女性がいるそうですが、誰だかご存じですか」

「毎年供花があるのは知っていますが、どなたがされているのかは知りません」

「藤沢明日美ということは考えられませんか」

「それはありえません」

　幸恵は白磁のように冷たい表情で言い放った。

証言を何度も依頼した。最終的には明日美の両親が対応した。明日美の父親は大学教授をしていた。

〈一日も早く事故のことを忘れて、受験勉強に打ちこませたい。その邪魔をしないでほしい。それほど娘が大切なら、生命保険でもかけておけばよかったんです〉

そんな言葉を浴びせかけられ、帰宅した経験が幸恵にはあった。

中山の家を辞した佐々木は谷中の家に向かった。東急東横線大倉山駅に近いビルの一室で設計事務所を開いていた。夫婦二人とも仕事に追われていた。

「またですか。いいかげんにしてくれませんか」

谷中浩之は炎天下にさらした揮発油に引火したような怒り方だ。

「いろいろ不愉快な思いをさせ、ご迷惑をおかけしていると思いますが、事件を一刻も早く解決するためにご協力ください」

「あと三十分で依頼者がくる。それまでには終わらせてくれ」

オフィスの奥にパーテーションで区切った一室があり、そこが来客用のスペースらしい。女性がコーヒーを運んできてセンターテーブルの上に置いた。

「お前もここに座れ」

女性は妻の礼子だった。

「犯人の一人が神田林豪と判明しました」

二人は申し合わせたように顔を見合った。

「それは本当なのですか」

礼子が佐々木の目を見つめながら聞いた。

「神田林は会社の金を横領し、指名手配にもなっています。彼が操作するパソコンから脅迫メールが学校に届いています」

「あのろくでなしが……。我々が真実を知りたいと言っても、『亡くなった者は帰ってきません。仲間の分まで頑張って生きるから放っておいてほしい』などと勝手なことばかり言っていたあいつが犯人か」

谷中夫婦も神田林に激しい嫌悪感を示した。

「敬君の隣に鰐淵康介が座っていたようですが、鰐淵はどうして事故について語ってくれなかったのでしょうか」

「訴訟を最後まで闘った原告団は、学校側の懐柔策に神田林も鰐淵、藤沢ものったと判断している」

神田林は自分でも成績を上げるように努力したのだろうが、教師たちが彼の成績向上に真剣にとり組んだ結果でもある。藤沢は大学教授の父親が学校側に希望の大学に推薦入学できるように強く迫ったという噂が流れた。

「息子と鰐淵はサッカー部で親友同士だった。二人の夢はインター杯に湘南台旭日高校が出場することだった」

その夢は叶わなかったが、鍔淵は希望していたM大学にスポーツ推薦で入学した。

「鍔淵は結局あの事故を利用しただけだ。そう言われても仕方ない。敬の死なんか気にも留めていないだろう」

谷中夫婦も三人には不信感を抱いていた。

川村昇、祥子は一人息子の彰を失い、怒りは峻烈を極めた。横浜市関内の雑居ビルの一室にあるNPO職員として、二人は余生を送っていた。オフィスにはトンド地区やパヤタス地区で、ゴミの山からリサイクル品を拾い出す子供の写真ポスターが貼られていた。こうした貧しい子供たちを救うことに今は情熱を傾けているのだろう。

二人はカウンターの中から出てこようともせず、佐々木を中に入れようともしなかった。

「中山さん、谷中さんからお話しを聞いたのであれば、私どもからお話しすべきことは何もありません。どうかお引きとりください」

神田林が犯人だと聞いても、川村昇は表情一つ変えなかった。怒りが消えたわけではないだろう。傍らにいる夫人は眉間に深い縦皺を寄せていた。

「神田林君と彰は中学校も一緒で、湘南台旭日高校は二人で決めて受験しました。大学も二人でW大学に入ろうと彰がよく誘っていました。神田林君は母子家庭で、お母様に苦労をかけていることを気にしていました。それで彰は、受験はまだ先なのにW大学の募集要項を取り寄せて、奨学金制度があることを教えてやるんだと言っていました。それなのに息子は事故で亡くなりました。神田林君は学校では彰の分まで頑張ると言っていたそうですが、私どもは彼に息子の分まで生きてほしいと頼んだこともなければ、そうしてほしいとも思っていません」

川村祥子の表情は微風になびく麦の穂のように穏やかだ。しかし、カウンターの陰に隠れて見えなかったが、祥子の両手がふとした拍子で佐々木の目に入った。白くなるほど強く拳骨を握り締め、その握り拳がブルブルと震えていた。

「変わり果てた姿で帰ってきた彰を私は抱きしめてやりたかった。でも抱いてやることもできませんでした。なぜだかわかりますか」祥子が尋ねた。

佐々木には答えようもなかった。

「全身が凍りついていたのです。抱きしめると溶けて、私の腕から滑り落ちてしまうのです。制服はバリバリに凍りつき、着替えもさせてやれずに茶毘にふさなければならなかった母親の気持ちをどうか察してお引きとりください」

「彰がどうしてこんなむごい死に方をしなければならなかったのか、親友の神田林なら証言してくれると信じていたが、みごとに裏切られた」川村も吐き捨てるように言った。

最高裁まで争った原告三家族に会ってみたが、結局神田林が学校に遺恨を持つような話は聞き出せなかった。むしろ神田林は学校側が望む生徒として事故後の高校生活を送り大学に進学した。

それに対して三家族は二十二年が経過した今も、やり場のない怒りを抱きつづけていた。

高倉は南門にパトカーを着けさせた。人質の食料は底を突いているはずだ。羽根田はすでに犯人にメールで食料の搬入を求めていた。

「犯人側の了解はとりつけてあります。同じように空から食料を運んでください」

羽根田から高倉の携帯電話に連絡が入った。声は掠れ、弱々しくなっていた。

「生徒も教師ももはやこれ以上は耐えられません。早く犯人を逮捕してください」

その時だけ羽根田は声を張り上げた。

「磯部元校長を人質に要求した背景には、蘇州列車事故があると思われますが、皆さんでもう一度犯人の動機について話し合ってみてください」

高倉は冷静になるように求めた。しかし、羽根田は自制心を完全に失っていた。

「磯部さんに代わってください」

磯部がすぐに出た。

「彼らが湘南台旭日高校を爆破する目的は何なのか、もう一度よく考えてください」

「私どもは校舎を爆破されるような怨みを買うことはしていません。それよりも一刻も早く神田林豪を逮捕してください。いったい警察は何をしているのですか。何日も生徒を校舎内に閉じこめて」

磯部は高倉を詰った。

機動隊を投入して、人質を解放できればいいが、正門、南門付近のグラウンド、三号館メモリアル室、それに校舎北側の斜面が爆破されている。広範囲にダイナマイトが仕掛けられている可能性がある。二号館に爆薬が仕掛けられていれば、多数の犠牲者を出す。たとえ二号館になくても、正門付近、あるいはグラウンドに仕掛けられていれば、生徒が避難している最中に犠牲者が出る。高倉も犯人逮捕に全力を傾けるしか術はなかった。

午後一時を過ぎた頃、ヘリコプターの飛来する音が聞こえてきた。食料を運んできたのだろう。搬入はいとも簡単に行われた。それを運ぶ体力のある教師や生徒が屋上に上がり、それぞれの教室に運んでいく。

高倉は電話で磯部を呼び出した。

「あなたの名前で犯人に、二年生を解放するようにメールを送信してください」

犯人は磯部に激しい怒りを抱いていると思われる。磯部からの要求にどう答えるのか。犯人像がもう少し見えてこない限り、手の下しようがない。

佐々木がもどり、聴取してきた内容を高倉に説明した。

「原告家族は神田林、鰐淵、藤沢にいい印象は抱いていません。事件に関与しているとは到底思えません」

「三人とも亡くなった生徒のそばにいて、最期の様子を知っているにもかかわらず証言を拒んだというわけですか」

高倉も三人の対応に疑問を抱いた。

「鰐淵、藤沢もこの事件に関与しているような気がします。根拠はありませんが……」佐々木が鋭い目つきで言った。

「藤沢明日美の動きは二十四時間捜査員に監視させていますが、ゆさぶりをかけてみる必要がありますね」高倉が言った。

「小向からはまだ連絡はありませんか」

「何か手がかりをつかんでくれるといいのですが……」

高倉は二号館に視線をやった。

犯人からのメールが羽根田のアドレスに届いた。それがすぐに捜査本部に転送されてくる。常駐警備車両にもパソコンは設置され、メールはプリントされ、高倉のところに届けられるようになっていた。

〈二年生の解放は認めない。解放してほしければ、破壊の動機を即刻解明しろ。解明できない時は、二十七日午前二時三十分に校舎の一部を爆破する〉

高倉は目を通すと、隣にいた佐々木に手渡した。

「この時間に何か意味がありますね」高倉が言った。

高倉は西山志郎弁護士と原告家族に、午前二時三十分という時刻に思い当たることがないかを確認するように捜査本部に指示を出した。

「どう思われますか」

高倉が聞いてきたが、佐々木にも明確な返事が出せるわけがなかった。最後まで法廷で争った原告三家族と、生命を失った三人の生徒の近くに座っていて救出された神田林、鍔淵、そして藤沢。その三人は事故後、沈黙を保ってきた。

高倉の命じた調査はすぐに結果が出た。西山弁護士を聴取した捜査員からの連絡が入った。

「事故後、自力で車内から這い出した生徒、救急隊員に救助された生徒は次々に病院に搬送され、事故現場に留まったのは、羽根田校長、野々村教頭の二人。救助作業の妨げになるとして中国当局によって、現場から排除されたのが事故から約十二時間後の二十五日午前二時三十分で、午前二時三十分という時刻が裁判記録に出てくるのは後にも先にもこの一件だけだそうです。この時間まで二人は残り、二号車にいた生存者が救助隊員に助け出されるのを確認しています」

原告側から聴取した情報も伝えられた。最初に入ったのは、NPO職員をしている川村夫妻からのものだった。

「午前二時半ですか。その時刻は羽根田校長と野々村教頭が生徒を見捨てた時間ですよ」

捜査員が二人から得た回答だった。

中山幸恵はこう答えたそうだ。

「私たちも裁判で問題にした疑惑の時間です」

中山によると、羽根田、野々村の二人は中国当局によって、危険だからと身柄を強制的に拘束され、現場から離されてしまったと証言しているが、その証言をそのまま信じることはできない。なぜなら現場周辺で暮らす農民も救出作業に加わっている。

羽根田、野々村二人だけが危険にさらされるなどとは考えられない。

「二号車から最後に救出されたのは、神田林、鰐淵、藤沢の三人です。その三人の救出を見届けてから二人は中国当局の手によって現場から遠ざけられたと、法廷ではそう証言しています」

　捜査員の報告を受け、高倉は佐々木と顔を見合わせた。

「三人がどういった状況で救出されたのか、詳細を知る必要がありますね」高倉が言った。

　原告らはその時間に固執した。中国側の資料によれば、午前二時三十分をもって中国当局は、人手だけでの救出には限界があると、電動カッターの使用を開始する。救出に当たっている作業員やそれを手伝う農民から怒りの声が上がる。火の粉が彼らに飛び散った。その火の粉で火災を引き起こす可能性がある。放水も始まり、農民は現場を離れざるを得なかった。

「中国当局から提出された事故の報告書を見ると、三人が病院に搬送された時刻は、いずれも午前四時過ぎになっていたそうです。搬送された病院は最も事故現場から近く、三時過ぎには、着いていなければならないのに着いていない。もしかしたら三人が救出されたのは、羽根田校長、野々村教頭が現場を去った後ではないかと中山幸恵は疑っていました」

しかし、最後に救出された三人は、その時間についても、その場に羽根田、野々村がいたかについても法廷では証言をしていない。

「不確かな記憶で断言はできないが、三人が病院に運ばれてきた時、制服は濡れていたような気がすると証言した同級生もいたようです」

同級生の証言が事実なら羽根田、野々村は生存者がいるにもかかわらず現場を離れたことになる。しかし、裁判ではそうした事実は争点にはならずほとんど無視された。

「もし制服が濡れていたとすれば、三人は放水後に中国人によって救出されたことになるわけか」

佐々木が独り言をつぶやいた。三人から最期の様子を聞きたいとする原告の気持ちは当然のような気もする。愛する者を突然失った親は、なぜ命を奪われたのか、真実を知らされないまま子供の死を受容することなどできない。佐々木にはその気持ちがよく理解できた。

谷中夫妻は多忙を理由に捜査員の聴取を断った。

「署長、私は藤沢明日美を直接当たってみます」佐々木が言った。

佐々木はパークハイツレジデンスに向かった。高校の周辺はパトカー、常駐警備車両で囲まれている。これだけ多くの警察車両が周囲にあれば、藤沢明日美は自分が警察に見張られているとは考えないだろう。

張りこんでいる捜査員の話では、ほとんど外出することはなく、時々ベランダから高校の様子を眺めているようだ。

エレベーターで最上階に上がった。エレベーターホールにも機動隊員が警備に当たっていた。機動隊員も藤沢は部屋から出ていないと報告した。

エレベーターを降りると、北側は横一列に廊下が走り三室並び、藤沢明日美の部屋は東南の角部屋だった。呼び鈴を押すと、「どちらさまですか」と応対があった。

「湘南台署の佐々木といいます」

「お待ちください」という返事があって、すぐに開錠する音が聞こえ、セーフティーチェーンをしたままドアが開いた。佐々木は警察手帳を提示した。ドアの隙間から室内の暖かい空気と一緒にタバコの煙が流れ出してくる。

セーフティーチェーンを外し、ドアを全開にすると、一気に室内の煙が外に流れ出た。藤沢はかなりのヘビースモーカーのようだ。まっすぐに廊下がリビングに伸びていて、リビングの向こうからは春の日差しが、部屋の隅々まで差しこんでいる。部屋にはカーテンがとりつけられてなかった。ガラス戸のその先はベランダだ。

藤沢は、佐々木が用件も伝えていないのに、リビングに通した。廊下の右側に部屋が二つ並び、左側にもドアが二つある。バスルームとキッチンのようだ。リビングはシンプルで、ソファが置かれているだけで、テレビもオーディオ機器も何もなく、生活臭が感じられなかった。

　リビングの窓際に立つだけで、湘南台旭日高校の様子が見える。

「どうぞ、おかけになってください」藤沢が座るように勧めた。

　ソファに腰を下ろすと、「大変な事件で、捜査も大変なんでしょう」と藤沢は労をねぎらいながらキッチンに入り、冷蔵庫から缶コーヒーと缶チューハイを持ってきてセンターテーブルに置き、佐々木の正面に座った。

　藤沢はジーンズに綿の長袖のシャツを着ていた。化粧をしていない顔の色艶はまるで病人のように青白かった。頬骨だけが突出し、濁った眼球も落ち窪んでいた。袖口から出ている手首は細く、指も枯れ木のように細かった。これまでの経験から藤沢は薬物依存症かアルコール依存症だと思った。缶コーヒーを佐々木に差し出した藤沢の左手の甲には、タバコの火を押しつけたようなケロイドが数個あった。

　暴走族を検挙した時、リーダー格の手の甲にタバコの火を押しつけて作ったケロイドがあった。暴走族は「根性焼き」と呼んで、自分の強さをそれで誇示していた。それよりは小さいが、同じようなケロイドだった。

「今回の事件で、犯人の一人は神田林豪と判明しています。捜査を進めていますがわからないことが多く、逮捕までにはまだ時間がかかりそうです」

　神田林の名前を聞いても藤沢は驚きもしなかった。

「一刻も早く犯人が逮捕されるといいですね。二年生の人質がかわいそう」

　部屋はきれいに掃除されているが、キッチンのドアを開けた瞬間、生ゴミのすえた臭いがリビングに広がった。気にならないのか、藤沢は缶チューハイのプルトップを細い指ではずし、喉を鳴らしながら飲みこんだ。

「藤沢さんは二号車から救出された数少ない生存者の一人ですよね。神田林もその一人ですが、卒業後はおつきあいの方はあったのでしょうか」

「豪さんの何が知りたいのですか」

「大変優秀な生徒だったと聞いていますが、会社の金を横領したり、なぜこんな犯行を重ねたりするのか、彼に何があったのか。犯行の動機を解明する手がかりが聞ければと思いまして……」

　神田林の名前はいっさい報道されていない。しかし、藤沢に動揺している様子はまったくない。

「そうでしたか。でも事故後は彼ともほとんど話をする機会もなくなってしまったし、卒業後はまったくの音信不通です」

「高校に突きつけている学校爆破の動機ですが、蘇州列車事故と関係しているようにも思えます。在学中に彼の口から学校を憎んでいるような発言が漏れたことはなかったのでしょうか」

藤沢は残っている缶チューハイを飲みほすと、冷蔵庫から二本目をとり出してきた。ベランダ側の窓を少し開け換気をしてから、キャメル・マイルドに火をつけた。佐々木も「私も失礼します」と言ってタバコをとり出した。部屋はまたたく間に霞がかかったようになった。

藤沢が窓を全開にした。外からはまだ冷たいが明らかに春の温もりを感じさせる風が吹きこんできて、タバコの煙を攪拌《かくはん》した。

「学校を憎んでいる生徒は、豪君だけではなく、あの修学旅行に参加した全員が怨んでいると思いますよ。だって磯部先生が奥様を連れて一緒にまわったパック旅行で決めた修学旅行だなんて誰も思っていないし、自分が二号車に乗っていて死んでいた可能性は誰にでもあるわけでしょ。生徒の命を軽く考えていた高校だったなんて、今から考えても恐ろしい」

「神田林、それと藤沢さん、鰐淵さんの三人が二号車から救出された最後の生存者だと聞いているのですが」

「ええ、三人とも三号車との連結部分に近いところに座っていました」

一号車によって二号車はアルミ缶のように押しつぶされ、その上に三号車が乗り上げていた。連結部分付近から生存者が出ていた。

「あなたたちが救出されたといわれている午前二時三十分、当時生徒を引率していた羽根田校長、野々村教頭が現場を離れた時刻ですが……」

　佐々木を制して藤沢が言った。

「私たちが救出された時間については、裁判を起こされた方たちからも証言を求められましたが、真っ暗闇の中に閉じこめられていて意識も朦朧としていました。そんな時間など気にしている余裕なんてありませんでした」

「神田林は明日の午前二時三十分までに、学校爆破の動機を湘南台旭日高校が明らかにしなければ、さらに校舎を爆破すると言ってきています。事故当時のその時刻に神田林に何が起きていたのかご記憶にはないでしょか」

「今申し上げたように、私たちは完全にパニック状態で当時の記憶も不鮮明なところもたくさんあります。私は親友だった中山滋子の近くに座っていました。お母さんからその時刻のことも聞かれたし、制服が濡れていたかどうかも聞かれました。寒さで震えていたことは覚えていますが、救出され病院に運びこまれ、気がついたら入院患者用の衣服に着替えさせられていたのです。救出された時に濡れていたかどうかなんて覚えていません」

　藤沢は二本目のタバコに火をつけ、二つ目の缶チューハイを一気に飲みほしてしまった。

「そうですか」佐々木は落胆のこもったため息をつきながら言った。

「私たちもあの時刻に本当に救出されたのか。救出後、どうなったのか、何が起きていたのか真実を知りたいというのは原告の家族と同じ気持ちですよ」

「神田林が何を明らかにしたいのかわかりませんが、しかし人質をとったり、校舎を爆破したりするやり方で、それが明らかになるとも思えませんが」

「それは学校側の対応如何でしょう」

藤沢の枯れ枝のような指が、震え始めた。ソファから立ち上がり、キッチンに入ったかと思うと、氷が二つ浮いたロックグラスを手にして出てきた。グラスにはなみなみとウィスキーが注がれていた。そのロックグラスも震えていて、床にウィスキーが飛び散った。

ウィスキーをまるでジュースでも飲むかのように藤沢はあおった。青白い頬に赤みがさすと、センターテーブルにグラスを置く手はもう震えてはいなかった。

佐々木もリラックスした様子で二本目のタバコに火をつけ、「藤沢さんはどんなお仕事をされているのですか」と聞いた。

「風俗一筋です」

「冗談でしょ。T女子大学に進学されたと聞いていますが……」

佐々木はタバコをねじり消しながら言った。

「大学と職業なんて関係ありませんよ。それに私は途中でドロップアウトしましたから」

「このマンションは購入されたのですか」

「ええ、風俗で働いていると、俺の女になれと金を貢いでくれる会社経営者やパトロンがいたもので」

「それでこのマンションを買われたわけですか。ところでもう一人の生存者だった鰐淵さんとはおつき合いはやはりなかったのでしょうか」

「ありませんね」

ほとんど氷だけしか残っていないグラスを口に運び、氷を含むと音を立てながら噛み砕いた。

「もし何か思い出したことがあれば、事件解決まではこの周辺にいます。近くの警察官に伝えてもらえれば、すぐに連絡がとれますのでよろしくお願いします」

藤沢は完全にアルコール依存症だ。痩せ方は異常で、ほとんど酒しか飲まない生活をつづけているのだろう。佐々木はひとまず藤沢のマンションを出ることにした。

これまで何人もの女性を逮捕してきた。罪状も様々だ。子供にまで狂気じみた暴力を振う夫に耐えきれず、首を絞めて殺してしまった女性に手錠を掛けた経験がある。彼女は夫を殺した後、子供と一家心中を図った。ガス漏れに気づいた近所の通報で警察が駆けつけた。本人は助かったが子供は手遅れだった。

藤沢はあの時の母親と同じ目をしていた。すべてを諦め自殺願望に心を奪われた人間の目だった。

小向はサイレンを鳴らしっぱなしで群馬県に向かった。首都高速から関越自動車道に入り、さらに上信越道を走り碓氷軽井沢インターチェンジで降りた。

八ッ場ダムは建設をめぐって国会で論議され、工事が一時中断された。パトカーは国土交通省の事務所の前で止まった。

用件を告げると、さらに十五分ほど山間部に入った武田組の事務所に行ってくれという。

武田組はダム建設に向けて資材の輸送ができるように山を崩し、道路を建設する土建会社のようだ。武田組の事務所に近づくと四輪駆動のジープやブルドーザー、パワーショベルが道端に止められていた。

けたたましいサイレンの音に事務所から数人が飛び出してきた。事務所といっても、簡単に組み立て分解ができるプレハブの二階建て事務所だ。入口の前にエアコンの室外機が置かれ、そこから風が噴き出していた。三月も終わりだが、山間部とあって昼間でもひんやりとした冷気が漂っている。

小向は警察手帳を示した。

「どのようなご用件でしょうか」

四十半ばと思われる男性が名刺を一枚手にして小向の前に立った。現場責任者の金子だった。

「去年ここで鰐淵康介という男が働いていたかと思うのですが、ご存じないでしょうか」

金子は訝る表情を見せた。「鰐淵なんていう男、働いていたかなあ」と言って、事務所にいたスタッフに聞いた。

「鰐淵康介って男、知っているヤツいるか」

ほとんどの者が首を横に振った。

「もしかしたら一年前、東京に行ったきり、もどってこなかったあいつじゃねえか。刑事さん、鰐淵っていうのは図体の大きい、坊主頭のヤツかい」

三十歳くらいの作業員が小向に聞いた。

「高校、大学とスポーツをやっていたらしいが、直接会ったことはないんだ」

「その鰐淵っていうのは何か問題でもしでかしたんかい」男が上州訛りで聞いたが、

「それは捜査段階でなんとも言えない」と小向が答えた。

金子は作業員の出勤簿を出してきた。「鰐淵康介でしたね」

出勤簿を確認しながら言った。

「確かに二年前の十二月から昨年の三月十二日まで約四ヶ月働いていますね」

「なんで東京に行ったかわかりますか」小向が作業員に尋ねた。

「いや、もし東京に行ったままもどらなかったのが鰐淵なら、あいつのことは何もわからん。だってあいつは俺たちが話しかけても、煩わしいっていう素振りで、自分の部屋にもどってイヤホーンで音楽かなんかずっと聴いていたよ。つき合いがまったくなかった」

「どんな仕事をしていたんですか」

「私たちのような小さな土建業は大手建設会社の孫受けで、ダム建設の露払いみたいなものなんです。大型車両が入って来られるように、山の斜面を切り崩して道路を建設することです。最初はダイナマイトで山を爆破し、その土砂を運び出すことから始めるんです」金子が答えた。

「ダイナマイトを使うんですか」

「ええ、使いますよ」

「鰐淵はダイナマイトを扱ったことはあるのですか」

「いや、火薬類取扱保安責任者の資格がなければ取り扱いはできません。また保管についても厳しい管理を求められます」

「武田組の火薬類取扱保安責任者は誰なんですか」

「私に任されています」

「保管されている場所を見せていただけますか」

「かまいませんがどういう理由でしょうか」

小向は金子を事務所の外に呼び出した。

金子にパトカーの中に乗ってもらった。

「今、神奈川県の湘南台旭日高校の生徒が人質になる事件が起きています」

「その事件ならもちろん知っていますよ。作業員もずっと釘づけになっていますから」

「鰐淵も捜査線上に上がっています」

「エッ」金子は突然教師に頭を叩かれた生徒のような顔をした。「鰐淵が、ですか」

「詳しくはまだ捜査段階なのでお話しできませんが、とにかくダイナマイトの保管場所を確認させてください」

金子は一度パトカーから降りると、事務所から鍵がいくつも束ねられているキーホルダーを持ってきた。

「ここから数分のところに保管庫があります」

ダイナマイトの保管庫はそれほど大きくはなかったがコンクリート製の堅牢な箱型の倉庫で、ドアも見るからに分厚そうな鉄扉で、鍵が掛けられていた。その鉄扉には火気厳禁と赤い文字が記されていた。そのドアを開けると、もう一つのドアがあり、やはり厚い鉄扉になっていた。

屋根に室外機があり、一年を通して同じ温度、一定の湿度を保てるような設備が施されている。

「どうぞ。この中にダイナマイトは保管しています」

ダイナマイトは意外なほど簡単な梱包になっていた。「二号榎ダイナマイト」「三号桐ダイナマイト」と記された段ボールが山積みにされていた。どの箱もガムテープが張られ、封は切られていない。

「箱の封を切って中を見せてもらったらまずいのでしょうか」小向が尋ねると、金子は少し不愉快そうな顔をした。

「ダム建設を中止するのか、続行するのかでもめて工事は一時中断され、ダイナマイトは使っていませんが、管理には万全を期していますよ」

「ダイナマイトの品質に影響しないのであれば、中を確認させてください」

「2号榎ダイナマイト」が三箱、「3号桐ダイナマイト」は四箱。金子はいちばん上に置かれていた「2号榎ダイナマイト」の箱を開けた。黄土色の円筒がぎっしり詰まっている。金子は「いいですか」と小向に確認を求めた。

「次をお願いします」

二つ目の箱もダイナマイトが箱詰めにされていた。

「どれくらい一箱に詰められているんですか」

「このダイナマイトの直径は二五ミリ、長さ一六三ミリ、火薬は一〇〇グラム、二百二十五本入っています」

一番下に置かれていた箱を開けた。金子は短い呻き声をあげたと思ったら、凍りついたように動きを止めた。顔面蒼白だ。小向は中身を見ようと半分開いた箱の蓋を開けた。中に入っていたのは雑誌だった。

「金子さん、こちらも開けてください」小向が「3号桐ダイナマイト」の箱を開けるように急かした。

金子の手は震えていて、なかなかガムテープがはがせない。小向は激しく苛立ったが、勝手に手出しはできない。黙って見守るしかない。最上段の箱はダイナマイトが詰まっていた。

「こっちのダイナマイトは2号榎より太いですね」

小向は少しでも金子が冷静になるように話しかけた。

「直径五〇ミリ、長さ三一二ミリです」

2号榎本の二倍の大きさだ。「火薬はどれくらいの量が？」

金子は少し口ごもった。

「どれくらいなんですか」小向が同じ質問をした。

「七五〇グラムです」

火薬の量は七倍半だ。

二段目三段目もダイナマイトだった。いちばん下の箱を開けた。

四段目の箱にも雑誌がぎっしりと詰めこまれていた。

「誰がこんなことを」

「この箱には何本のダイナマイトが入っているんですか」

「三十本です。全部合わせればビルの一つぐらいは破壊できる量です」

小向は息を飲みこんだ。

「他になくなっているものはありませんか」

金子は壁際に置かれた箱を一つ一つ開けて確認した。

「瞬発電気雷管が一箱すべてなくなっています」

「なんですか、それ」

「通電と同時に起爆装置が働く電気雷管です。一箱に五百個入っています」

「つまり電流が流れるのと同時にダイナマイトが爆発する雷管五百個がなくなっているということですね」

金子は泣き出しそうな顔で頷いた。

「神奈川県警からも連絡しますが、すぐに群馬県警に連絡してください」

パトカーに押しこめるようにして金子を乗せ、事務所で降ろすと、小向は湘南台署の捜査本部に電話を入れた。

# 第七章　家宅捜索

「午前二時三十分までに、犯人が納得する回答を出さなければ校舎が爆破される。犯人は神田林とわかっているんです。彼が母校を爆破するほどの恨みを抱いているのは明白です。何か思い当たることはないのですか。胸に手を当てて考えるべきです」

富岡が言葉を荒げた。

「私たちが犯罪者のような言い方は止めてくれませんか。無礼な」

磯部が怒鳴り返した。教員を叱責する時は、職員室に響き渡るような声を張り上げていたと、袖口は先輩教師から聞いていた。生徒も教師も生命を奪われる危険にさらされている。教員たちも、首をすくめているわけにはいかなかった。

「富岡先生のおっしゃるとおりで、当時、何があったのかもう一度引率された先生全員で考えてみる必要があるのではないでしょうか」

富岡に同調する教師も出てきた。

「最初の爆破は蘇州で事故が発生した時間です。今度の午前二時三十分という時刻は、和解を最後まで拒否された原告三家族も法廷で問題にしています。現場にいらっしゃった羽根田校長、野々村教頭がいちばん詳しいはずです。よく思い出してみてください」

　すでに教師の忍耐力も限界を通り越していた。生徒の中にも泣き叫ぶ者が多数出ていた。ほとんどの生徒は携帯電話を所持している。外部の情報はすべてわかっていた。職員室に数人で押しかけてくる生徒もいた。

「私たちは蘇州事故とは関係ありません。それなのになんでこんな目に遭わなければならないんですか。女子生徒のほとんどはノイローゼ状態です。校長も教頭もそんな現状をわかっているんですか」

　担任教師やその他の教員が最初のうちは生徒をなだめていたが、その余裕すらなくなっていた。羽根田、野々村への教師の反感はつのるばかりだった。一年生の解放を条件に磯部が校内に入ったが、事態は好転するどころか悪化する一方だ。このままでは校舎が爆破され、瓦礫の中に埋もれるのではないかという恐怖感が、教師にも生徒にも広がっていた。

「そんなこと言われても、二十年以上も前のことなんて思い出せませんよ」

　羽根田がまるで痰を路上に吐き捨てるように言い放った。羽根田はネクタイをゆるめ、スーツのボタンをはずし、聖職者などという素振りはまったくみられなかった。

　職員室が一瞬凍りついた。それを察したのか、野々村に救いを求めた。

「そうでしょ、野々村先生」

野々村が困惑した顔で言いよどんだ。

「午前二時三十分ですよね。その時間まで私も校長もあの事故現場で、生存を信じて生徒たちに声をかけていたと思います」

「一号車に乗っていたのは、野々村教頭と島崎先生、二号車が羽根田校長と私の父、三号車が尾長先生と国生先生でしたよね。生徒たちはクラス別に振り分けられていたんですか」

袖口が確認するように言った。

「生徒たちはクラス別ではなく、仲のいいグループ同士で席を自主的に決めさせました。ディーゼル機関車の後ろに一号車が連結され、三号車から後ろは中国人専用の列車が連結されていました。午後二時二十分頃、急ブレーキがかかったのと同時に轟音が響き、車内は大混乱に陥りました」

島崎が事故直後の様子を語り、さらにつづけた。

「私は進行方向に向かって左側の席に座っていたのですが、突然トンネルに突っ込み、壁面を擦るようにして列車が走っているような錯覚を抱きました」

袖口は父親の最期の様子を知りたいと思い、大学に入ってから中国側が作成した蘇州列車事故の報告書を読んでいた。湘南台旭日高校の生徒を乗せた列車を運転していた機関手は停止信号を見落とした。本来ならば停車し、ポイントが切り替わるのを待って待避線に入り、対向列車を通過させてから本線にもどるべきだったが、そのまま本線を走り対向列車と正面衝突したのだ。機関手は正面から走ってくる列車に気づき、運転席から飛び降りた。

ディーゼル機関車は大破し、一号車は二号車の先頭部分と右側座席を押しつぶしながら三号車との連結器間際まで貫いた。そのために六十一人が乗っていた二号車の生存者は、左側座席に座っていた生徒と三号車との連結器付近の一部の者だけで、半数の者が亡くなった。島崎がトンネルの壁と錯覚したのは二号車の車内だった。

野々村も一号車に乗っていた。

「座席から放り出され血を流して放心状態の男子生徒、泣き叫ぶ女子生徒、棚の上の荷物はあちこちに散乱していて、生徒を落ち着かせるのが大変だった。一号車の先頭部分に車掌室があり、出てきた車掌は血だるまで何かを叫んでいた。気がつくと床が歪んで湾曲していた」

三号車に乗車していた生徒も教師も軽傷ですんだ。アコーディオンのようにひしゃげた二号車が激しい衝撃を吸収したからだ。

「女子生徒が飛散した窓ガラスの破片で切り傷を負った程度で、重傷者は三号車からは出ていません。一瞬パニックになりかけましたが、席に座るように指示を出し、生徒も冷静に従ってくれました」尾長が言った。

「座席に横になっていた男子生徒が床に叩きつけられ、額を切りましたが、それほど深い傷ではありませんでした。最初は踏切でトラックかなにかに衝突したのかなと思いました。あんな大事故が起きたなんて最初のうちはわかりませんでした」

国生が補足した。

「二号車はその時、どうなっていたんですか」袖口が羽根田に尋ねた。

「どうなっていたと言われても私も意識を失っていて、事故直後のことはわかりません。どれくらい時間が経過したのか、意識がもどると体中に激痛が走り、それで事故が起きたのを悟ったくらいです」

「車内の様子や生徒はどんな状態だったんですか」富岡が詰るように聞いた。

「気がついたら椅子や棚の荷物に挟まれていて、身動きはまったくできなかった。窓が少し見えて、中国人が集まっていたのが見えた」

「生徒はどうなっていたのでしょうか」袖口が聞いた。

「現場に中国の警察や救急隊が到着したのは、事故から一時間以上経過した三時半から四時くらいではないかと思います」軽傷だった尾長が言った。

三号車から救助が始まった。窓ガラスは枠にはめこまれ開閉できない仕組みになっていた。窓ガラスが割られ、そこから生徒が救出された。尾長は右側の窓から外に出た。

「前方を見た時、一号車の右側面しか見えず、二号車が消えてしまったように見えました」

二号車の天井らしきものが空に向かって剥がれていた。一方、同じ三号車でも左側の窓から助け出された国生にはまったく違った光景が見えた。

「私には一号車がどこに消えたのか見えなかった。まさか二号車の内部に突き刺さるように食いこんでいたなんて想像もできなかった」

三号車から救出された生徒たちは救急隊員や近くに住む農民、後方の列車に乗っていた中国人乗客によって救急車まで運ばれた。

「状況がわかりあまりの悲惨さに、私も国生先生も、生徒たちに『見るな』と叫びながら、現場から少しでも離れるように誘導しました」

一号車、二号車からの救出は難航した。一号車から島崎、野々村の二人は自力で右側の窓を破り外に出た。

「二号車がなくなり後ろには三号車が迫っていました」

島崎が当時の様子を思い出すように言った。

一号車の左側面の窓は瓦礫でふさがれていて外には出られない。

「まさかそこが二号車の車内だったとは思いもしなかった」

野々村が癒えかかった傷の瘡蓋《かさぶた》をはがされたような面持ちで言った。

結局、右側の窓から、一号車内の乗客は全員救出された。

一号車は二号車の車体右半分をローラーで押しつぶすようにして乗り上げ、三号車の手前で止まっていた。二号車の生存者を救出するには、一号車を降ろさなければならない。状況がわかるにつれて二号車の乗客は絶望視された。

「クレーン車で一号車を吊り上げるのが最も手っ取り早い方法でしたが、二号車の左側半分からは生存者の声が聞こえてきていました。クレーン車を導入するのは危険過ぎると、通訳を介して中国当局に申し入れました。一号車を吊り上げたはずみで瓦礫が崩れ、中にいる生徒を押しつぶしかねない状況でした。それで人手だけで瓦礫をとり除き二号車の生存者を救出することになりました」

野々村が二号車救出に着手した時の様子を語った。

「他の先生はどうされたのですか」袖口が聞いた。

「生徒がどの病院に搬送されるのかわかりませんでしたが、とりあえず中国当局の指示に従い、近くの駅まで歩き、そこから救急車、三輪車、リヤカーで病院に運ばれていきました。私たちも生徒を病院に引率し、そこで治療を受けながら、日本への連絡や、対応策を講じていました」尾長が答えた。

現場に残されたのは野々村と国生の二人だった。

一号車を人の手だけで解体していく作業は夜の十一時から開始された。

「角材を使った梃子で残骸を押し上げ、人手を使って外に運ぶ。角材はすぐに折れてしまった。同じことを繰り返しながら一つ一つの残骸を片づけ、一号車の車体を何本ものジャッキで持ち上げた」

野々村が脳裏に焼きついている記憶を明らかにした。

何本ものサーチライトがそこに集中した。

「地獄でした」

一方、二号車の最後尾は三号車との衝突でスポンジを圧縮したような状態だった。二号車の左側窓枠や破損した箇所にロープが結ばれ、それを救助隊や農民が引っ張って、二号車の左側車壁を剥がそうとした。何度もロープが引き千切れた。

しかし、缶詰の蓋をこじ開けるようにして、車体壁面を外側に折り曲げると、二号車の中から瓦礫と一緒に生徒がこぼれ落ちてきた。

「私や野々村先生が怒鳴っても、生徒は座りこんでしまいなんの反応もしませんでした」国生が言った。

救出された生徒は救急隊によって病院へと搬送されていった。

「羽根田校長が二号車から脱出できたのは何時頃だったのでしょうか」

「日付が変わる頃だった思う」羽根田が即答した。「腰や肩を強打していたが、救出された生徒は国生先生に引率してもらい、私と野々村先生が最後まで現場に残ることにしたんだ」

二号車右側の座席に座っていた生徒の救出はおろか遺体の搬出さえも、乗り上げた一号車の車体をクレーンで吊り上げないことには、それ以上の作業は困難だった。午前二時にクレーン車が現場に導入された。

「二号車から最後に救出されたのが、神田林、鰐淵、それに藤沢の三人でした。私たちはその現場を確認しました。まだ車内に生存者がいるかもしれないから現場に残ると主張したが、中国当局の手によって半ば強制的に退去させられてしまった」羽根田が言った。

「その時間が午前二時三十分ということですか」富岡が確認を求めた。

「だからそんな状況で時間なんか確認できなかったと最初から言っているではありませんか」

羽根田は煩わしいと言わんばかりに答えた。

「自分が救出された時間は覚えているのに、現場を離れた時間がわからないなんて矛盾していると思いませんか」

富岡は明らかに棘のある言い方をしていた。

電動カッターが導入され、乗り上げた一号車の床が切断された。火の粉が飛び散り、機関車から漏れた燃料や瓦礫に燃え移り、火災の恐れもあった。放水も同時に行われた。

「生存者がいたかもしれないのに、お二人は現場を離れたんですね」

富岡は明らかに二人の行動を非難していた。

羽根田も野々村も沈黙した。

一号車が解体されると、その下敷きになっていた生徒が変わり果てた姿で収容された。

「お二人が現場から離れた後、収容された生徒はいたのですか」袖口が尋ねた。

「強制退去させられる直前に中山滋子、川村彰、谷中敬の三人が収容されました」

野々村が答えた。

「三人の親が最高裁まで争うのも当然だ。磯部元校長のでたらめ視察で修学旅行が決まり、事故現場にとり残され、誰にも看とられることなく死んでいった子供のことを思えば、私でもそうしたくなる」富岡が吐き捨てた。

「最高裁でも責任はないという判決が下っているんです。蒸し返すのは止めてくれませんか」磯部が語気を荒げた。

「裁判で無罪判決が下ったとしても、あなた方三人が無実だとは思えない。湘南台旭日高校には道義的責任がある。それをはっきりさせないからこんな事件が起きているのと違いますか。どうなんですか、磯部さんあなた自身には何か思いあたる節はないのですか」

富岡の怒気を含んだ声に、磯部も羽根田、野々村も黙りこんでしまった。

袖口学は父親の遺体にすがりつく母親の姿を鮮明に記憶していた。羽田空港に到着した遺体は湘南台旭日高校が用意した霊柩車でそれぞれの自宅に無言の帰宅をした。母親は人前では涙を見せなかった。二十七人の生徒が命を失っていた。例え夫を失ったとしても、引率教員の妻と、生徒の家族とでは立場が違うという思いがそうさせたのかもしれない。

遺体が着くと、棺を床の間に寝かせた。弔問客に床の間から出てもらい、応接室で待ってもらった。襖をすべて閉め、床の間に二人だけになった。

「学、洗面台の下のキャビネットに新しいタオルがあるから、白いフェイスタオル二枚とドライヤーを持ってきて」母親の声がした。

洗面所からドライヤーとタオルを持って、床の間に入ると、母親は鬼のような形相で、「早く閉めて」と言った。

「あなたもお父さんの最期の姿を見ておきなさい」

棺の蓋は開けられていた。父親はブレザー姿で歯を食いしばり、カッと目を見開いた状態で死んでいた。左手だけが胸に置かれ、右手はブレザーのポケットに突っ込んだままになっていた。母親はフェイスタオルを広げて顔に被せた。

ブレザーもズボンも濡れていた。母はブレザーを脱がそうとしたが、めくれたのは襟元だけで、肩口から袖、胸の部分はドライアイスに付着した濡れたタオルのように強張って張りついていた。

ドライヤーのスイッチを入れると、母親は凍ったブレザーの胸元に暖かい空気を吹きかけた。母親は着替えさせるのは無理だと最初から判断していた。ブレザーのポケットとズボンのポケットから遺品をとり出そうとしていたのだ。

ブレザーの襟がようやく胸ポケットに手を差しこめるまで捲れた。右のポケットから出てきたのはパスポートだった。左のポケットにはなにもなかった。ブレザーの左右のポケットも膨れ上がり、何かが入っているように見えた。

母親はそこに温風を送り、左ポケットから小銭入れ、右ポケットから手帳をとり出した。右手にボールペンを握りしめていたのが異様に思えた。ズボンのポケットにあったのは財布入れだった。母親はその遺品を残ったタオルで包み、寝室に置かれた箪笥の中にしまった。

すべての弔問客が帰った後で、母親は父親の枕もとで、目を真っ赤にして泣いていた。深夜になり、亡くなった生徒の家をまわってきた磯部が、疲れきった様子で突然袖口の家にもやってきた。

冷凍が解けて父の顔にかけられていたタオルは濡れていた。磯部は最後まで父の顔を見ようとはしなかった。

「こんな時になんですが、今後のことは心配しなくてもすむように学校は考えています」

磯部は母を慰める風でもなく、謝罪の言葉を述べることもなかった。

「教職員共済、旅行傷害保険の他にも、湘南台旭日高校は慰労金として三千万円を用意させていただきます」

母親は涙を拭うと磯部に向かって言った。

「そのようなものは一銭たりとも受けとれません。袖口がそうしたことを嫌う性格なのは、校長もよくご存じでしょう」

子供の目には、磯部は残された家族のことを考えているように映った。

その後も何回となく磯部の訪問を受け、三千万円を受けとるよう言ってきた。その度に母親は固辞した。

結局、磯部は断念した。

「いずれご長男は高校へ入学する時が来ます。その時には是非我が校でお世話させてください」

その場に居合わせた学に、磯部が言った。

「必ず湘南台旭日に入って勉強してください。お父さんのような立派な人間に育ってください」

その時に、父親が教壇に立っていた高校に進学しようと心に決めた。

袖口が父の遺品を再び目にしたのは、横浜国大で学んでいる頃で、原告らが湘南台旭日高校の責任を追及し、真実を明らかにするために裁判を闘っていた頃でもあった。

群馬県警は神奈川県警の要請を受けて、武田組事務所、従業員寮、ダイナマイト保管庫の現場検証を行った。工事が中断していたために鰐淵が暮らしていた部屋に、新たな作業員が入ることもなかった。その部屋から検出された指紋と同一のものが、ダイナマイト保管庫からも検出された。

捜査本部へ引き上げていた高倉から佐々木に連絡が入った。

「群馬県警が迅速に対応してくれたおかげで、前科のある鰐淵の指紋と特定できました。ダイナマイトは鰐淵が八ッ場ダム建設現場から盗み出したとみて間違いないでしょう」

逮捕状、家宅捜索の令状がとられた。

小向が八ッ場ダム建設現場から湘南台旭日高校にもどった時、鑑識課が鰐淵の家のドアノブから指紋を採取している最中だった。

小向からの報告を聞き終えた直後に捜査本部にもどれと高倉から命令が入った。これ以上、事件を長期化させることはできない。鰐淵が所持しているダイナマイトはビル一つどころか山一つを吹き飛ばしてしまうくらいの量がある。

大胆な救出作戦の実行を迫られている。佐々木は小向を伴って捜査本部にもどった。高倉と二人だけで打ち合わせをし、その後に合同会議を開いた。機動隊の吉崎、爆発物処理隊の朝田、鑑識課の大場、それに銃器対策部隊の橋元が加わった。

「大場さんから鑑識の結果を伝えてもらえますか」

群馬県警から送られてきた二ヶ所で採取した指紋と、鰐淵の自宅のドアノブから採取した指紋はすべて一致した。

「ということは八ッ場ダム建設現場から消えたダイナマイトはすべて鰐淵の手中にあるということですね」小向が叩きつけるように言った。

高倉が全員に鋭い視線を投げかける。

「その鰐淵ですが、依然行方はつかめていません。磯部元校長が人質に加わり、犯人との交渉も進展するかと思いましたが、もはやそれも期待できません。一刻も早く救出したいのですが、膨大な量のダイナマイトが相手の手中にあるかと思うと、安易な救出作戦もとれません。ダイナマイトの数がマスコミに漏れれば、このあたりは大パニックになります。そこで佐々木さんの方から一つの作戦を提案してもらいます」

佐々木は立ち上がり、二号館に残る二年生の救出方法を説明した。

「西側から塀を乗り越え、体育館の裏手、つまり北側のフェンスにそって校舎内に入ろうとして、斜面に仕掛けられていたダイナマイトを爆発させられました。センサーはフェンスに仕掛けられていました」

佐々木は体育館の構造を黒板に書いた。体育館西側は体育教師の控え室になっている。窓は南向きについているが、西側には非常口が設けられている。

「西側住宅と学校の敷地との境界にある塀の下部をとり除きます。そこから爆発物処理隊を送りこみ、非常口から体育館内に入り、速やかに爆発物の発見と除去をします。体育館の安全が確保された段階で、機動隊を投入し、二号館から体育館へ生徒を誘導し、西側から救出する作戦です」

「北側の斜面は、昼間であればパークハイツレジデンスからは見える。そんなところにセンサーや爆薬を仕掛けたことをみても、組織的に綿密な計画を立てて犯行に及んでいると思われます。二号館と体育館の距離はわずか十数メートルですが、その間に爆発物がある可能性もあります。それを除去したとしても、二号館から体育館に二年生が移動すれば、南側からは丸見えです。犯人がもし二号館に仕掛けていたとすれば、犠牲者が出る可能性もあります。このリスクをどう回避するのか。そこがポイントになると思うのですが……」

吉崎が聞いた。

「体育館の安全を確保した段階で、爆発物処理隊を二号館に送り、ダイナマイトの除去と同時に人質の移動を行います」

高倉が答えた。危険な賭けではあるが、それ以外の救出作戦は考えられない。

マスコミ、そして犯人に動きを悟られないようにするための陽動作戦で人員輸送車を正門、南門に移動させる。必要な人員は常駐警備車両で西側住宅街に移動させ、作戦開始まで待機させる。常駐警備車両の車内の様子は外からは見えない。

作戦開始は二十七日午前零時。銃器対策部隊は機動隊、爆発処理隊を援護する。

「犯人がどこにひそんでいるかわかりません。これまでの状況では学校周辺にいるとみていいでしょう。大量のダイナマイトを所持していることがわかった以上躊躇している余裕はありません。人質を守るためにはすべての手段を講じます」

高倉の口調はいつもとかわらないが、決意が顔に滲み出ていた。高倉は犯人射殺も辞さないつもりなのだ。

「佐々木さんは私と一緒に指揮をとってください。小向君は機動隊と行動を伴にして、体育館内に入り、可能なら二号館で磯部元校長、羽根田校長と犯人との交渉をリードし、犯人を投降に導くようにしてください。作戦開始まで、佐々木、小向さんは少し休息をとってください」

会議が終わると、佐々木は小向に言った。

「眠れても眠れなくても、ベッドで横になっておけ。わかっていると思うが、今回だけは風俗禁止だ」

「佐々木さんも寝るんでしょう」

「寝るがその前に一服してくる」

佐々木はエレベーターで屋上に上がった。マルボーロをとり出して火をつけた。大事件が起きているのにビーズをちりばめたようないつもの横浜の夜景が遠くに見える。もう何日も新聞を読んでいないし、テレビも観ていない。元町公園の桜はもう満開を迎えただろうか。今年の花見は諦めた方がよさそうだ。

半分まで吸ったところで佐々木は自宅に電話を入れた。妻の君子は二回目のベルがなった瞬間に出た。安否を心配しているのだろうと佐々木は思った。

「大丈夫だ」

佐々木は君子が何も聞いていないのに答えた。君子もそれは心得ていて「わかりました」とだけ言った。

「誠はどうしている」

「勉強しています。代わりましょうか」

「ああ、頼む」

長男の誠は来年大学受験だ。県立高校で学び、成績も中の上といったところで、有名一流大学を狙えるような成績ではない。

大学で学びたければ、合格した大学でいいと佐々木は考えている。刑事という仕事をしていると、崩壊家庭で育ち、親の愛から見放されて育った連中が犯罪に手を染めていくのを見てしまう。

最初は少年院で教育を受け、本人も更生を誓う。しかし、その誓い通りに立ち直っていくケースは極めて少ない。傷害罪や窃盗で逮捕し、取調室で調書を作成していると、黙秘を通している容疑者がいた。

黙秘するほどの重大な犯罪でもなく、事実をすべて証言した方が検察官や裁判所にもいい印象を与えるから素直に自白するように勧める。しかし、容疑者は下を向いたまま顔を上げようとさえしない。

「いいかげんにしろよ」佐々木も怒気のこもった言葉をぶつけた。

相手は「申し訳ありません」と言った。自白が始まるのかと思ったら、容疑者がつづけた。「その節はご迷惑をおかけしました。久しぶりにお会いしたのにこんな挨拶の仕方で申し訳ありません」

佐々木自身はすっかり忘れていたが、その容疑者を逮捕したのは初めてではなかった。未成年の時に逮捕し、少年院へ送致していた。佐々木に諭されたのを本人は忘れずにいたのだ。

崩壊家庭の子供が非行に走ると限ったわけではない。むしろすべてが満たされた家庭にも非行は多い。教育関係者、裁判官、弁護士、そして警察官、自衛官の子弟を何度も逮捕した。規律だけが支配する社会で生きていると、親は建前を子供に押しつける傾向が強くなるようだ。現に佐々木も長女の沙代子にそうしてきた。

社会は法によって守られ、規制されている。法は最低限のモラルで、そのモラルが守られなければ社会は崩壊する。その崩壊を防ぐために警察官という職業が存在する。学校では校則が法律だと佐々木は思っていた。すべてを校則通りに生活することはできないにしろ、下校時間や帰宅時間は守るべきだと思った。特に帰宅時間が遅くなると、佐々木は沙代子を叱責した。非行を重ねる連中が深夜どんなことをしているのか、仕事柄熟知していた。

成績が悪くても、それを咎めることは心してしなかった。しかし、帰宅時間が遅くなることについては厳しく叱った。友人と遊んでいても、途中で切り上げて帰宅するように言った。それが原因で沙代子は次第に仲間から遠ざけられ、孤立していった。

沙代子は居場所も、一緒にいる友人の名前も知らせるから、時には帰宅時間が遅くなるのを認めてほしいと言いつづけた。しかし、佐々木は許さなかった。そんな沙代子のことを思うと、胃液が逆流するように口に苦いものが広がる。しばらくして沙代子は自ら命を絶った。

「オヤジか。俺はちゃんと勉強しているぞ」

携帯電話から誠の声が聞こえた。口調は大人びて対等な口調で話してくる。

「ああ、わかっている」

「例の事件、担当しているのか」

家の中では捜査関係の話はしないし、君子にも話題にするなと告げてある。それは誠にもわかっているはずだ。佐々木は何も返事をしなかった。

「新聞には爆弾魔なんて書いてあるよ。とにかくとんでもないぶっ飛んだヤツがいるから気をつけて」

「受験はあと一年あるから焦らずにやれ」

「ありがとう。オヤジも気をつけろ。母さんに代わろうか」誠が聞いた。

「いや、いい」

佐々木は電話を切った。箱から出した二本目のタバコを元にもどした。少し眠れそうな気がした。

犯人への回答時間が刻々と迫ってくる。袖口が言った。

「とにかく神田林がなぜこんなことをするのか、もう一度考えてみましょう」

「でたらめな視察で修学旅行が実施され、二十八人もの犠牲者を出したことを根に持っているのは明らかだ。だから磯部さんを人質に要求したんだ」

富岡は周囲の視線などまったく眼中にないのか、叱責する口調で怒鳴った。

「私が謝罪するとしたら、視察をもっと重ねるべきだった、不十分だった。それを述べることしか思いつかん」磯部が言った。

富岡の意見に他の教員も同調し、磯部に反論を許さないといった雰囲気ができあがっていた。

「では、それを文面に盛りこみましょう」袖口がいつの間にかまとめ役になっていた。

「羽根田校長、野々村教頭はどうでしょうか」

羽根田は口を真一文字に結び、一言も発しない。野々村は何かを話さなければさらに気まずくなると思ったのか、口ごもりながら言った。

「最後のご遺体が救出されるまで……」

語尾が聞きとれなかった。

「野々村教頭、はっきりしゃべってください。原告の三家族はあなたたちが現場を離れた時間を知りたがっていたし、本当に中国当局に強制的に退去を求められたのか疑問にずっと思っている。それは裁判で何度も聞かれたでしょう。あと数時間であなたたちが現場から離れた時刻になる。その時刻に校舎を爆破するというのは、神田林が何か遺恨を抱いているからでしょう。いったい何があったんですか」

富岡は怒りに任せて怒鳴りまくった。

「そんな大きな声で怒鳴らなくても聞こえます。羽根田君も野々村君も、はっきり言ったらいい。自分たちだって負傷していたにもかかわらず生徒の救出には全力を尽くされた。それを職場放棄みたいな言い方を同僚からされて、侮辱されているんです。神田林らが救出された時の様子を説明してあげればいい」

磯部が富岡を制するように言った。

「私たちは二号車の最後の生存者、最後の犠牲者が列車から出てくるのを待つつもりでした。それが教師の使命だということくらい私だってわかります。しかし、中国当局から神田林、鰐淵、藤沢が最後の生存者だと言われ、あとは一号車の下敷きになっていて生存者はいない。火災の危険があるからと数人がかりで私たちは現場から強制的に連行されてしまったんだ。どうしようもなかった。そうですよね、野々村教頭」

羽根田が同意を求めた。野々村が操り人形のように首を折った。

# 第八章　午前零時

もう二ヶ月以上も太陽の光を浴びていない。それを苦痛に感じることもなかった。むしろその方が神田林にとっては快適だった。二十四時間蛍光灯が灯されて、昼夜の感覚はすでになくなっていた。

室内の温度と湿度は、セラミックファンヒーターと加湿器で一定に保たれている。換気も小型ファンがつけられて、常に新鮮な空気が送りこまれてきている。外部の音はほとんど聞こえてこない。

狭い空間だが、簡易ベッド二つに簡易トイレも持ちこまれている。一人で暮らしていたが、二週間前からは鰐淵と一緒に生活している。

「死者はまだ出ていない。このますぐ警察に投降されては困るが、計画から下りるのなら今しかないぞ」

神田林は鰐淵の決意を確かめた。

「ここまできて、そういう話は止めようぜ。お互いに納得して進めた計画なんだから」

「そうだな」

鰐淵を支えているのも荒々しい怒りだけなのだろう。

「明日美は二十四時間見張られているようだし、俺の素性もすでに調べられているだろう。どんな状態になったとしても、ここの電源は確保してあるから、今の状態は保てる。建設現場、工事現場を渡り歩いて食いつないできたから、電気、電話の配線くらい簡単さ」

鰐淵がいろんな建設現場で修得してきた技術の高さには驚かされる。

「最後までお前の体力がもつかどうか、その方が心配だ」

「どうせあと二、三日ですべてが終わる。心配するな」

神田林はそう答えたが、内心では百メートルの距離も一人で歩く自信はなかった。しかし、皮肉にもこの計画を実行に移すと決めた頃から、生きているという実感が体に漲るようになった。それまでは何をしても得られなかった感覚だ。それは鰐淵も明日美も同じではないだろうか。

湘南台旭日高校と被害者遺族との争いに終止符が打たれた頃、神田林は胃がんと診断された。

末期がんが発見され、余命宣告に多くの人が悲観的に感じるようだが、余命期間が明らかになれば、逆に残された時間に何をすべきか優先順位はすぐに決まる。最高裁判決と胃がんが神田林の背中を押してくれた。

手術を受ければまだ十分に治癒の可能性は残されていると医師は説明したが、神田林は手術を受ける気も治療するつもりもなかった。

神田林は手術もせずに放射線治療、抗がん剤の服用を拒否した場合、症状はどのように進行し、死に至るかを尋ねた。

「今は消化器系のがんであれば、病巣をとり除いてしまえば完治するケースの方が多い。一部の医師が抗がん剤は効かないという説を発表していますが、がん組織をとり除いた後、抗がん剤を投与するかどうかはその時に考えればいいと思います。まずはがん組織をとってしまいましょう」

神田林は手術を受ける振りをしながら、治療を受けなかった場合の末期に起こり得る症状を尋ねた。

「経口からの栄養補給は不可能になり、点滴投与に頼らざるを得なくなる。激痛に襲われるでしょう。転移する可能性も十分に考えられるし、そうなれば痛みは体全体に及びます」

症状は医師が説明したように進行している。しかし、痛みはそれほどない。

計画を実行するためにアメリカや中南米をまわり、準備を進めてきた。ケイマン諸島で横領金のマネーロンダリングに成功すると、末期の痛みに備えてモルヒネを闇で買い集めた。

少し体を動かしただけで激痛が体全体に走る。固形物の摂取はできなくなったが、水はまだ飲むことができる。スポーツドリンクや栄養剤でなんとか体力を維持している状態だ。痛みはモルヒネを注射すれば緩和できるが、効いている時間は次第に短くなってきている。しかし、モルヒネはまだ十分な量が残されている。

蘇州列車事故後、神田林は何かに憑かれたように受験勉強に没頭した。勉強が苦しいなどとは思わなかった。それ以上の苦痛を心に抱えていれば、受験勉強などむしろ楽だった。

湘南台旭日高校の校長も教師たちも、事故犠牲者の分まで神田林は懸命に生きようとして受験勉強に打ちこんでいると美談に仕立てたが、神田林本人は事故の忌まわしい記憶をかき消すために、机に座っていたに過ぎない。

心が安らぐのは勉強に夢中になっている時間か眠っている時だけだった。しかし、夜中に一度目を覚ますと、睡眠時間が不足し被さるような睡魔に襲われても、それ以上は眠ることができなかった。

二号車内に閉じこめられていた時の記憶が鮮明に蘇ってくる。

事故直後気がつくと、瓦礫の中にいて、自分が上を向いているのか、下を向いているのかさえわからない状態だった。意識をとりもどしたからその声が聞こえたのか、その声によって意識がもどったのかわからない。その声は苦痛に耐える呻き声のように聞こえたり、痛みを堪えて生存者を励ます声に聞こえたりした。神田林の意識が完全に覚醒すると、その声は袖口先生が生存者に呼びかけている声だとわかった。

「皆、元気だせ。諦めるな」

神田林はその声に応えようとした。声を出そうとするが、喉を押しつぶされたのか声が出ない。声を出そうとしただけで、胸部に激痛が走った。肺の中に焼けた火箸を挿入されたような痛みだった。

袖口は誰かに話しかけているわけではなかった。生存者がいるかどうかもわからずに、ただひたすら生徒を激励していた。

「きっと助けに来てくれる。それまでの辛抱だ。頑張れ」

刻々と水位を増し警戒水域に達する河川に、身を流されるような不安を神田林は感じた。袖口の声だけが頼りだった。痛みに耐えながら神田林は「先生……」とだけ応えた。

神田林の声が袖口に届いた。

「誰だ。生きているんだな」

神田林は声を張り上げようとするが、胸の痛みに声が出ない。胸を圧迫されているせいかもしれない。袖口は神田林が負傷していると思ったようだ。

「手か足は自由になるか」

神田林の右手は瓦礫に埋もれていてピクリとも動かすことができない。左手は手首から先が少し動かすことが可能だった。下半身は物に挟まれていて動かしようがなかった。

「声が出なければ、何でもいいから音を出せ」

左手を動かした。何かの破片が指に触れた。それをそっとつかみ、近くの瓦礫を叩いてみた。小石を路上に落としたような音がした。神田林は手首を前後に振って破片で瓦礫を何度も叩いた。

「わかった。聞こえているぞ。頑張れ、もう少しで助けが来てくれるはずだ。それまで頑張れ」

魂を吐き出すような袖口の悲痛な声が聞こえた。

その声に励まされて、神田林は呻くように返事した。

「先生……」

消え入りそうな声が袖口に届いた。

「神田林か？　神田林なんだな。もう少しの辛抱だ」

袖口の声に続いて、肺をつぶされたような声が聞こえてきた。

「諦めるな……」川村彰だった。

「お前こそ大丈夫か……」

「ああ」

彰も会話ができるような状態ではなかったのだろう。それでも彰が言った。

「絶対に諦めるな」

それ以上の会話は二人とも無理だった。

夜中に目を覚ました時や、受験勉強に没頭していてもふとした瞬間に集中力が途切れる。そんな時に心に広がるのは、車内に閉じこめられ、身動きできずに寒さと恐怖に耐えていたあの暗闇。そして彰と袖口の声だった。

事故当時の記憶を封印するには、何かに没頭するのが最善策だった。それ以外の時間は事故の忌まわしい記憶に心をかき乱されるだけだった。

「少しでも眠れる時は寝ておけよ」鰐淵の声に意識が覚醒する。「また事故のことを思い出していたのか」

そう言う鰐淵も正門爆破からほとんど眠っていない。鰐淵も眠れないのだろう。事故から二十二年が経過するが、常に追い立てられるような日々を過ごしてきたのは鰐淵も同じだ。

鰐淵は人が変わってしまったと言われた。谷中敬かあるいは鰐淵のどちらかが部長になり、いずれはインターハイに出場するだろうと、神奈川県内の高校サッカー関係者から見られていた。二人に寄せる部員の信頼も厚かった。

同級生よりも三年生がその変貌ぶりに度肝を抜かれた。鰐淵は谷中と組んで理想的なツートップで得点を重ね、一年生の時から二人はレギュラーとして活躍してきた。しかし、二年生になると、鰐淵の得点力は落ちた。谷中のポジションに控えの二年生が入ったが、呼吸が合わなかった。

パスを送れば谷中が必ずゴールを決めるという間合いを鰐淵は体で覚えていた。谷中も鰐淵が望むポイントに正確なセンタリングを上げた。知らず知らずのうちに谷中と新しいセンターフォワードと比較してしまう。

「いいかげんにタイミングを理解してくれよ」

鰐淵には傲慢に言ったつもりはなかった。しかし、相手は同じ二年生だった。

「それはお互い様だろうが。お前こそ、俺のタイミングに合わせる努力をもう少ししてくれたっていいだろう」

険悪なムードが漂い、練習中にもかかわらず一触即発といった状況が毎日つづいた。

練習後、鰐淵は監督から呼び出された。

「谷中の抜けた穴は大きい。しかし、今はこのメンバーでやっていくしかないんだ。だから焦るな。もう少しチームワークを考えろ」

谷中の死を受け入れられずに、鰐淵が動揺していると監督は考えていた。センターフォワードを三年生に変えてみたが、チームの状態はさらに悪化した。

鰐淵は上級生さえ罵倒した。

「先輩、三年もサッカーやっていて、そんなプレイしかできないんですか」

「もう一度、言ってみろ」

監督が止めに入ったから喧嘩にはならなかった。練習後、鰐淵は三年生に呼び出された。

「お前一人でサッカーをやっているわけではないんだ。その傲慢な性格が直せないんだったら退部しろ」

部長から勧告された。

「なんで俺が退部しなければならないんですか」

「お前がチームワークを一人で乱している。インターハイ出場も大切だが、俺たちはサッカーを楽しみたいんだよ。お前みたいにインターハイに出て名前を売って、Ｊリーグに入るために湘南台旭日を利用しようとは思ってはいないのさ」

谷中のポジションに入った三年生が言った。

その言葉に鰐淵は相手に殴りかかっていった。多勢に無勢、鰐淵は三年生から集団で暴行を受けた。しかし、翌日の練習にも参加した。絶対に退部はしないという意志を示したかったからだ。

インターハイ予選は最悪の状態で迎えた。格下の高校に大量得点を許し、惨敗だった。

鰐淵たちが三年生に進級すると、戦力はさらに低下した。鰐淵が部長に就任したが、統率力はまったくなかった。誰からも信頼されず、チームメートから一人浮いた存在だった。

インターハイ出場は最初から結論が出ていたようなものだ。湘南台旭日高校はベスト8に入ることもなく、早々と姿を消した。インターハイ予選が終了すると、鰐淵は部長の座を後輩に譲った。

新部長が決まった日、練習が終わると鰐淵は一人部室に残った。スパイクやユニフォームをバッグにしまいこんだ。湘南台旭日高校のグラウンドでもはや練習する気力さえ失せていた。泥を払いながらスパイクをバッグに入れると、突然、涙が出てきた。周囲には誰もいない。鰐淵は声をあげて泣いた。

しかし鰐淵の実力はJリーグ関係者も認めていた。数チームから入団の打診はあったが、すべてを断った。

「M大学がこないかと言ってくれているが、どうする」

監督のところにM大学がスポーツ推薦で受け入れると通知してきた。鰐淵はM大学に入学した。

鰐淵はJリーグを蹴ってM大学を選んだと、鳴り物入りで入学したもののサッカーにはそれほど魅力を感じなくなっていた。それに悪評は尾ひれがついて、M大サッカー部に流布していた。谷中の穴を埋めようとした一年先輩のセンターフォワードの寄居がやはりM大学に入っていた。

しかし、ピッチに立てば、人格などは問題にならない。テクニックのあるものが優れているのだ。鰐淵は入部と同時にレギュラーの座を奪いとった。Jリーグどころか世界でも鰐淵は通用すると書いたスポーツライターもいたくらいだ。

M大サッカー部のストライカーとしてすぐに注目を集めた。それまで見向きもされなかった試合に声援を送るM大生の数が、目に見えて増え始めた。M大学の広報誌には「鰐淵効果」だと記されていた。

湘南台旭日高校よりは、全国から優れた選手が集まってきているだけに、プレイのレベルは高かった。鰐淵は再び選手としての輝きをとりもどした。谷中とのツートップという感覚ではなかったが、それは仕方のないことだと自分でも思えるようになってきた。

一年生の前期は何事もなく、楽しくはないがサッカーにだけは打ちこめた。しかし、どこかに大切なものを置き忘れたようなおぼつかなさが、常に心のどこかに引っかかっていた。それが何なのか、鰐淵自身にもわからなかった。

夏休みは府中グラウンドで練習試合や軽井沢にある大学のセミナーハウスに泊まりこみ、合宿が行なわれる。当然、鰐淵も参加した。レギュラー選手とはいえ、先輩、後輩の関係がグラウンドを離れると支配する。一部屋に一年生が四人で寝泊まりし、先輩たちの身の世話までやらされる。

寄居は高校で鰐淵に罵倒されたことを根に持っていた。一、二年生の前でそれをやられたのだから、恨まれても仕方なかった。寄居に呼び出されて、スパイク磨きからユニフォームの洗濯まで、他の一年生以上に仕事の量を増やされた。寄居のプレイをののしったのはわずか二年前のことだ。そのくらいの嫌がらせは当然だと思って耐えた。

それをいいことに日ごとに要求はエスカレートしていった。しかもそれは三年生、四年生がいないところで行なわれた。スパイクやユニフォームを寄居の部屋まで運ばされた。

「お前も高校の時に比べるとずいぶん変わったな」

相手にせず自分の部屋にもどろうとした。

「そんなに避けなくてもいいだろう」

最初から打ち合わせができていたのだろう。もう一人の二年生がドアを閉めた。寄居の言いたいことはわかっている。

「俺も頑張るから、湘南台旭日時代のように二人でツートップをやろうぜ」

「そうですね」鰐淵は気持ちのこもらない返事を返した。

寄居の実力ではM大学のベンチを温めるのが精いっぱいだろう。レギュラーの地位を獲得するには並大抵の練習ではしょせん無理なのだ。

「ところでお前、谷中の親父たちが高校を訴えて裁判しているのを知っているか」

鰐淵の顔色が変わった。寄居は鰐淵の弱点をつかんだと思ったのか得意気だった。

「親たちは羽根田先生と野々村先生が生徒を見捨てたと思っているらしいな。最後に救出されたのは、お前なんだろう」

「失礼します」

鰐淵は早くその部屋から出たかった。寄居は完全に形勢が逆転したと思ったようだ。

「噂に聞いた話だけど、お前はあんなに仲良かった谷中のご両親の頼みを蹴ったっていうじゃないか。なぜ、助けられた状況くらい話してやらないんだ」

「いろいろな思いもありますから……」

鰐淵は歯切れの悪い答え方しかできなかった。

「いろんな思いがあるから、普通は答えてあげるのが筋だろう。それに俺たちだってお前と谷中のツートップは最高だって評価していたし、最高だからお前に谷中のようにプレイしろって言われても耐えて頑張ってきたんだぜ」

鰐淵には何も答えられなかった。体が震えだした。それが怒りなのか、フラッシュバックの兆候なのか、鰐淵自身にも理解できなかった。寄居はそれが面白いのか、止めようとはしなかった。

明らかに様子がおかしいと気づいたのは、同じ部屋にいた他の二年生だった。

「もういいだろう。鰐淵、部屋にもどれよ」

しかし、寄居は積年の恨みのせいか執拗で、帰ろうとする鰐淵の前に立ちはだかった。

「お前さ、谷中、谷中ってオカマみたいに、あいつの名前を出していたけど、お前自身は助けようとしたのかよ。隣に座っていたのは谷中だったという話じゃないか。親にしてみれば、お前が助かって、なぜあいつが死ななければならなかったのか。知りたいと思うのは当然だろう」

「何が知りたいんだ」鰐淵は声を絞り出すようにして聞いた。先輩、後輩の関係などもはや眼中になかった。

鰐淵は一歩前に出た。寄居は一歩後退した。

「もう止めろ。二人とももういいだろう」

仲裁に入ろうとした二年生の手を鰐淵は振り払った。

「お前も二人の教師と一緒に谷中たちを放り出して逃げたのと違うのか」

鰐淵は相手の胸倉をつかむと足を払った。

寄居は抵抗しなかった。

「殴りたければ好きなだけ殴れよ。でも俺たち家族はお前を一生許さないからな。妹が死んだのはお前のせいだからな」

鰐淵は馬乗りになり、相手の首を両手で絞めて殺そうとした。寄居は両足をバタつかせ畳を叩いた。もう一人の二年生が鰐淵を引き離そうとしたが、全身の体重を両手にかけて絞めあげた。

寄居の妹、春奈の運命は明らかに鰐淵が変えてしまった。

春奈は谷中に好意を寄せ、ラブレターを書いて送っていた。修学旅行の座席は、クラスごとではなく自分たちで決めていた。

谷中も春奈に好意を寄せていた。

「列車の中でゆっくり春奈と話せるかも……」

二人の座席は二号車後方で左側だった。鰐淵は前方右側だった。鰐淵が自分の席を離れ、後方に来ると、谷中と春奈は話に夢中になっていた。

「谷中とインターハイ予選の作戦を練りたいんだ。少し代わってくれよ」

春奈は兄からも谷中、鰐淵のツートップは聞いていたのだろう。快く席を替わってくれた。

「俺の席、前の方、もてない男どもが集まっているから、少し面倒みてやってくれ」

鰐淵は冗談交じりに言った。春奈は笑いながら前方右側の席に移動した。

事故はそれから一時間後のことだった。春奈の遺体は性別もわからないほど損傷が激しかったと、後で聞かされた。

騒ぎを聞きつけ他の部屋から部員が駆けつけてきた。

「止めろ、鰐淵」

監督の声がした。それでも鰐淵は力を緩めなかった。何人もの部員が鰐淵の髪を引っ張ったり、背後から手をまわしたりしてようやく二人を引き離した。

寄居は口から白い泡を噴き出しながら失神していた。

自分の部屋にもどると、他の一年生を締め出し、中から鍵をかけて開けようとしなかった。翌日の練習は休んだ。その日で合宿練習は終り、あとは東京に帰るだけだった。

最後の練習が終り、部員が宿舎にもどってきた気配がした。食事にも鰐淵はでなかった。ドアをノックする音が聞こえた。

「鰐淵、いるか」監督が言った。

「開けろよ。監督も心配してきてくれたんだ」チームの誰からも信頼されているキャプテンの声だ。

「事情は全部聞いた。本人からも話を聞いた。お前に謝りたいとここに来ている。だから開けてくれ」

監督は一年生、そして二年生からも事情を聞いたらしい。

鰐淵は暴力を振るったその夜から、なぜなのか部屋から一歩も出られなくなっていた。トイレにさえ行けなくなっていた。二リットルのペットボトルの上部をカッターで切りとり、それに小便をためこんでいた。

そのペットボトルを持つと、鰐淵はドアを開けた。寄居は監督の横でうな垂れていた。鰐淵はペットボトルの中身を寄居の頭にぶちまけた。何の液体だかわからなかったようだが、監督もキャプテンも臭さに顔を歪めた。

「臭っせえ」寄居は情けない声をあげた。小便を浴びせかけられたとわかると、操り人形のように両膝を折って座りこんだ。

鰐淵はそのままセミナーハウスを出て、東京にもどった。その時、はっきりと自覚した。自分が心を病んでいることを。

飛び乗った電車が恐ろしく思えた。震えが止まらないのだ。震えが少しだけ和らぐのは車両の連結器付近の席に座った時だった。

なんとか自宅にたどり着いたが、それからは自分の部屋からも出られなくなってしまった。家族が精神科の診察を受けるように勧めたが、病院に行く気力もなかった。それから一年以上も鰐淵は引きこもりの生活を送った。

大学は中退し、サッカーは二度とやるまいと心に誓った。

引きこもりはひどくなるばかりで、家族にさえ顔を見られるのがつらかった。皆が寝静まった頃、母親がテーブルの上に用意しておいてくれたものを食べた。昼間はトイレにさえ行けず、小便はペットボトルに溜めこみ、夜トイレに流した。部屋には小便の臭いが充満していたが、外に出ることを考えればまったく苦にはならなかった。

蘇州列車事故の原告弁護団から手紙が舞いこむと、さらに引きこもりの症状はひどくなった。手紙は原告側の証人として、二号車から救出された時の様子を法廷で証言してほしいというものだった。外出し原告の家族に道で会ったことを想像するだけで体が震えた。

外に出られるのは、深夜の二時、三時で知り合いと顔を合わせることがないと思うと、少しは気が楽になった。道路工事をしている横を通り過ぎた。

掘削機でアスファルトを剥がしたり、残土をトラックに積みこんだりする仕事ならできるのではないかと思った。それがフリーターを始めるきっかけだった。自宅に引きこもっていた時、外に出て暮らしたいなどとは一度も思わなかった。このまま人知れず消えてしまいたいという思いだけがつのった。しかし、自殺する勇気は鰐淵にはなかった。

　道路工事の作業員を皮切りに、ローカル線の保線工事、地方の道路改修工事、道路建設、ダム工事と鰐淵は人里離れた現場を求めて、全国を歩いた。死に場所を求めて彷徨《さまよ》っていたのと同然だ。死に場所は見つからなかった。実際には死ぬ度胸がなかっただけだ。

　初めてダイナマイトを爆発させる現場に遭遇した時、「これだ」と鰐淵は心の中で叫んだ。道路建設やダム建設などでは、山を切り崩すためにダイナマイトを用いる。爆破の瞬間に、その地点に身を置けば、一瞬にしてすべてを無にすることができる。

長野県のダム建設現場で、発破作業が行われる前夜、鰐淵は姿を消した。ダイナマイトが仕掛けられた現場の山に隠れて一晩過ごした。

　発破準備が完了し、作業員が避難。秒読みが開始されたが、その直後にカウントダウンが止まった。現場責任者が発破地点に人が進入していないか、双眼鏡で確認していたのだ。責任者に発見され、鰐淵は現場から引き出された。

「死にたければ一人で死ね。お前が死ぬのは自由だが、俺たちは管理責任を問われて、メシが食えなくなるんだよ」

　鰐淵は作業員らに袋叩きにされた。

　それ以降も建設現場を渡り歩いたが、最後まで死に場所を見つけることはできなかった。

湘南台旭日高校の西側住宅地に常駐警備車両が二台止まった。一台目の車内に待機しているのは、爆発物処理隊のメンバーだ。二台目には機動隊が控えている。作戦はすでに徹底ずみだ。

「羽根田校長に救出作戦を伝えるのは、機動隊が体育館に入った時点にします」

高倉も羽根田や野々村のリーダーシップの欠如については見切っていた。直前まで伏せておいた方が得策だ。

佐々木が少し不安そうに言った。

「小向、慎重にやってくれ」

アクション映画のヒーローのように小向は興奮していた。一度は目の前でダイナマイトを爆発させられている。相手は大量のダイナマイトを抱えこみ、爆発させることに何のためらいもない連中だ。命を失うことも十分に考えられる。しかし、その実感が小向にはまるでなかった。実感がないから恐怖感もない。

小向は小説よりもノンフィクションを好んで読んでいた。ベトナム戦争を取材していたカメラマンが「地雷を踏んだらさようなら」と記していた。そのカメラマンも死の危険は当然認識していたはずだ。しかし、すぐそばにある自分の死を実感していたかどうかはわからない。もし実感していたとしたら命がけの取材などできないのではないか。小向も同じような気持ちだった。

目の前に死があっても数十年後に迎えるにしても、死を実感しながら生きていくことなど人間にはできないと思う。しかし今から一時間後に死が訪れるかもしれないと考えることはできる。そう想像すると残されたその一時間がこれまでになく貴重なものに思える。その思いが小向を異様なほど高揚させた。

屈強な機動隊の中に、どこか頼りなさそうな小向が一人交じって出動を待っていた。装備は機動隊隊員と同じ紺の制服にヘルメット、そして盾を持った。

午後十一時五十分、西側に配備された機動隊が壁の撤去作業にとりかかった。消音のカッターが使われた。歯科医が使う研磨機に似た音が聞こえてきた。音は十分もしないうちに止まった。西側住宅と湘南台旭日高校の境に設けられた塀は簡単に撤去できたようだ。

イヤホーンから現況が報告されてくる。

「撤去完了」

爆発物処理隊は体育館と塀との間にあるプレハブ倉庫の北側をまわって、体育館の教員控え室の非常用ドアから中に入る。

「爆発物処理隊はこれから西側体育館教師控え室に入ります」朝田の声だ。

爆発物処理隊は暗視レンズを全員が装備している。暗闇の中で爆発物の発見に努めなければならない。金属探知機も使用されるが、すべての作業が暗闇の中で行われる。体育館の屋根も捜索にあたるが、照明器具を使えばパークハイツレジデンスの住民から丸見えになる。屋根の上はさらに慎重に捜索に当たる必要がある。

「体育館に入った」

爆発物処理隊は体育館の内部に入った。壁面、床、ステージ、そして屋根に分けて捜索に当たる作戦だが、屋根の上がいちばんてこずりそうだ。

案の定、壁面、床、ステージについては「異状なし」という連絡が聞こえてきた。しかし、屋根に上がった爆発物処理隊は蒲鉾型の屋根の上で、蜘蛛のように屋根の上を動きまわらなければならない。

「体育館異状なし」と朝田の声が響いたのは、午前一時近くになってからだ。

「機動隊は体育館に移動せよ」高倉の指令が聞こえた。

常駐警備車両から降りると、機動隊は三分で体育館に移動を完了していた。

「移動完了」吉崎が報告した。

「爆発物処理隊、機動隊は体育館に待機」高倉の指令だ。

高倉は羽根田に連絡をとり、機動隊が生徒の救出に入ることを告げているのだろう。

作戦では爆発物処理隊と機動隊が同時に二号館に入り、各教室にいる二年生を担任教師さらに複数の教師が引率し、体育館に速やかに移動させる。機動隊は救出を無事遂行できるように生徒、教師のガードに当たる。爆発物処理隊は二号館内のダイナマイトの発見、そして爆破装置の解除に当たる。

　生徒がパニックになれば、体育館への移動にも支障をきたす。さらに爆発物処理隊の作業の妨げにもなる。教師には沈着冷静な行動が求められる。

「爆発物処理隊及び機動隊は二号館へ移動。繰り返す、二号館へ移動。人質を速やかに救出せよ」高倉の声が聞こえた。

　機動隊、爆発物処理隊はすでに校舎の構造は把握し、動きは迅速だった。機動隊は予め決められた教室に入り生徒の動揺を押さえ、すでに安全を確保した体育館へ誘導すると説明した。その間に爆発物処理隊は避難経路の廊下、階段、天井にダイナマイトが仕掛けられていないかを一斉に捜索した。

　一階は職員室、事務室、校長室で教室はない。上階につながる階段は廊下の中ほどにある。爆発物処理隊からの報告が入る。

「一階廊下、異状なし」「天井からの金属反応なし」

　爆発物処理隊は一階廊下の安全を確認すると、教師全員を出して職員室の捜索を行なった。異状は発見されなかった。

「羽根田校長はどなたですか」小向はすぐに羽根田を呼びつけた。

「こんなことをして神田林に知られたらどうするんですか」

羽根田は顔面蒼白で唇が震えていた。磯部と野々村も呼び、

「生徒を体育館に避難、誘導します。先生たちも廊下、階段にまわって生徒たちを激励するようにしてください。いいですね」

小向は自分の父親とほぼ同じ年齢の教師を怒鳴りつけた。

「一階から二階への階段、異状ありません」「天井に金属反応なし」

次々に廊下、天井の捜索が終わったと報告が入った。

「機動隊第二班は二号館に移動」高倉の指令がイヤホーンから聞こえた。

すでに体育館で待機していた第二班が二号館に入ると、一階廊下と階段に機動隊隊員が盾でトンネルを築いた。万が一の事態に備え、生徒の生命を守るために吉崎が提案した作戦だった。

「これから生徒を二階から順に体育館に移動させます」

教師たちは教室に入ったり、階段踊り場に移動したりして、生徒がパニック状態にならないように激励した。

二階から避難が始まった。

「落ち着いて。もう大丈夫だから」

機動隊隊員も自分の前を生徒が通過する度に声をかけた。

生徒の疲労の度合いは激しく、すべての生徒がふらつく足どりで階段を降りてくる。一人でもつまずくと、避難の流れは止まりドミノ倒しのように生徒が崩れ落ちる危険性があった。つまずいた生徒はすぐに隊員が盾のトンネルから引き出して、抱き上げて体育館へ運んだ。その隊員が抜けた場所にはすぐに他の隊員が盾を連ねてトンネルの穴を塞いだ。

二階の生徒が体育館に移動し、三階の生徒が階段を降り始めた時だった。羽根田の携帯電話が鳴った。

「はい」と返事しただけで、羽根田は冬の雨に濡れた野良犬のようにワナワナと全身を震わせた。それを見た機動隊員がすぐに小向に知らせてくれた。小向が走り寄ると携帯電話の受話口を握り、「神田林です」と小声で言った。

「神田林は警察が校内に入ったのを知っています。校舎を爆破すると言っています」

小向は強引に携帯電話を羽根田からとり上げた。

「羽根田校長の体調が思わしくないので、これからは私が話を聞きます」

「警察が入れば、校舎を爆破すると伝えておいたはずだが……」

「君らの後輩を殺傷する目的は何だ」

「刑事に答える義務を負っていない。それに死傷者はまだ出していない。しかし、湘南台旭日高校の敷地から一歩でも出れば、犠牲者は必ず出る。生徒の中に犠牲者が出たとすれば、それは警察の責任だ。すみやかに警察は外に出ろ」

電話はそれで切れた。

「この携帯電話は私が預かります。私に代わる前に神田林は何と言ってきたんですか」

「よくも堂々と校舎の中に機動隊を入れてくれたものだと、いきなり言ってきました」

校内の様子を神田林に見られている。藤沢のいるパークハイツレジデンスからは西側住宅街の動きは死角になっていて見えないはずだ。しかも真夜中だ。しかし、神田林は機動隊が導入されたことを知っていた。

小向はこめかみから電流を流されたような衝撃を受けた。中南米の独裁国家の警察は自白させるために、電流を流して拷問し、自白を強要するというドキュメンタリーを読んだことがあるが、その拷問を受けたような錯覚を覚えた。

「防犯カメラはどこに設置されているんですか」

「体育館、一号館、二号館、三号館の出入口と二号館の階段付近です」

それを聞くと、上から降りてくる生徒を見る振りをしながら階段を小向は歩いてみた。一階廊下の様子が見えるように防犯カメラが設置してある。

「小向です。今、羽根田校長に神田林より電話がありました。代わって私が対応。神田林は校内の状況を把握していると思われます。神奈川警備保障会社の車が正門前に常駐していますが、内部に共犯者がいるかもしれません」

「了解」佐々木の事務的な声が聞こえた。

疲労で階段を降りられそうにもない生徒を機動隊隊員が背負って体育館に運ぶ以外は、二号館から体育館への移動は、パニックを起こすことなく順調に進んだ。午前一時四十分までには生徒の移動は終了していた。

二号館に残っているのは、教師と爆発物処理隊と機動隊の一部だけとなった。爆発物処理隊は生徒がいなくなった教室をくまなく捜索に当たれと指令が出された。

「二時十五分まで爆発物の発見、処理に全力を尽くせ」

高倉の命令だった。爆破予告の十五分前には校舎から撤収する計画だ。機動隊隊員も残り爆発物処理隊を援護することになった。

羽根田の携帯が小向のポケットの中で鳴った。

「警告したはずだ。警察は速やかに校外に出ろと」

「生徒は校外には出ていない。約束は守っている」小向は論点をすり替えようとした。

「警告を無視した報復だ」

神田林は抑揚のない口調で言った。

その瞬間、西側から轟音が響き、夜空に火柱が上がった。

二号館にいた誰もが体育館が爆破されたと思った。

「警告を無視すれば、次々に仕掛けたダイナマイトを爆破させる」

携帯電話はまだつながったままだ。

「わかった。そちらの条件に従う。だからこれ以上の爆破は止めてくれ。後輩から死傷者を出すのは止めろ」

小向はこみ上げる怒りを押さえ、冷静さを保とうとした。

イヤホーンから連絡が流れた。

「緊急連絡、西側住宅地の鰐淵宅が爆破された。繰り返す、鰐淵宅が爆破された。機動隊に負傷者多数が出たもよう」

救急車のサイレンが西側から聞こえてくる。

「いいか。よく聞けよ。二時二十五分に再度電話する。その時に、羽根田校長から我々の質問に答えてもらう。納得のいく回答が得られなければ通告通り爆破する。いいか、まかり間違っても生徒と一緒に助かろうなんて思うなと、教師たちに言っておけ」

電話は切れてしまった。

高倉の声がイヤホーンに流れた。常駐警備車両の中にいれば、爆破の衝撃、爆風からは身を守れる。

「負傷者を病院に搬送。南門に待機している機動隊一個部隊は西側に移動。二号館で爆発物処理隊は継続して任務を遂行、機動隊は体育館で生徒の安全を確保しつつそのまま待機せよ」

口調は冷静だ。小向は二号館に待機せよ」

「教師及び小向は二号館に待機せよ」

小向は教師たちを職員室に集めた。

「さきほどの爆破は西側住宅、共犯者と思われる鰐淵康介の自宅です。機動隊に負傷者は出ているようですが、生徒は体育館に無事避難しています。爆発物処理隊が体育館は安全であることを確認しています。二号館の爆発物についても、処理隊がくまなく見てまわっています。神田林たちは皆さんに対しても校内から出るなと脅迫してきています。生徒の安全を確保するために、皆さんは現段階では二号館に留まってもらいます」

「どうして我々が体育館に移動してはいけないんだ。磯部さん、羽根田校長、野々村教頭が残って犯人と交渉すればいい。関係ない我々まで巻き添えになるのはゴメンだね」

富岡が小向に食ってかかった。

「今、調査中ですが、私たちの動きは犯人グループに筒抜けになっていると思われます。皆さんの動き一つで神田林を刺激し、犠牲者を増やす結果になりかねません」

イヤホーンから朝田の声が聞こえてきた。

「二号館からは爆発物は発見できなかった」

小向はつづけた。「二号館にも爆発物はありません。二時二十五分に神田林が連絡してくることになっています。羽根田校長に彼らの質問に答えてもらいます」

小向は時計を見た。午前二時をすでにまわっていた。

「蘇州へ修学旅行に行った先生も交えて、神田林が要求している回答は何なのかもう一度よく考えてみてください」

「時間がありません。回答を考えましょう。二時三十分に事故現場で何があったのか。よく思い出してください」袖口が羽根田を促した。

「袖口先生はそうおっしゃるが、先ほどと同じことの繰り返しです」磯部が袖口を制した。

「では、先ほどまとめた内容を整理します。磯部先生からは、視察に不十分な点があったことは認め謝罪する。羽根田校長と野々村教頭は、最後のご遺体が運び出されるまで、中国当局の手を振り切ってでも事故現場に残り、生徒のそばにいてやるべきだった。その二点ですね」

袖口が三人に確認した。

二時二十五分、携帯電話が鳴った。小向が出た。

「あんたと話すことはない。羽根田校長に代われ」

「その前に体育館の人質だけでも解放してやってほしい。君の後輩たちは精神的にも肉体的にも限界にきている。君らだって、彼らを苦しめることが本意ではないはずだ」

小向は会話を懸命に引き伸ばそうとした。逆探知で発信場所が絞りこめるからだ。

「羽根田校長に代わってもらおう」

小向は電話を羽根田に手渡した。

「磯部先生にも加わっていただいて検討した結果です」

羽根田は卒業式にＰＴＡ代表が原稿を読むような口調で回答を伝えた。

「神田林君らの怒る理由があれば、そちらから言ってほしい。心から謝罪をしたいと思う。だからどうかこんなことはもう止めてほしい。頼む、お願いだ」

小向は時計が気になった。もうすぐ二時三十分だ。

神田林の怒鳴っているような声が携帯電話から漏れてきたが、聞きとることができない。

「頼む、止めてくれ」

時計は二時半を指した。

地震のような揺れと同時に地響きがした。北側の三号館が爆破されたようだ。メモリアル室に次いで再び三号館が爆破された。三号館にはダイナマイトがあちこちに仕掛けられているのだろう。

小向は羽根田から電話を奪いとった。

「もういいだろう。ここまでやれば。何があったのか知らないが、これ以上やれば死者が出る。まだ引き返せる。神田林、もういいかげんにしろ」

「部外者のあんたには何もわからん。羽根田か磯部に代われ」

「あの事故に遺恨があるなら、なぜ、その時にはっきりさせなかったんだ。二十数年も前のことを誰が覚えているというんだ。なんで今頃蒸し返すんだ」

「俺たちは昨日のことのように覚えているよ」

「遺族の三家族は一年前まで裁判で争ってきた。お前らだっていいたいことがあるなら裁判で証言すればよかったではないか。今頃、こんな手段で報復するなんて、卑怯だ」

「裁判なんかで白黒決着がつくような話ではないんだよ。引っ込んでろ」

小向は冷静さを完全に欠いていたが、体育館の生徒を忘れていたわけではない。

「生徒だけでも解放してやってくれ」

一瞬、間があった。間と言うより、神田林が考えこんでいたのかもしれない。

「条件がある」

「なんだ」

「磯部、羽根田、野々村が三号館四階メモリアル室に行くなら、生徒も教員もすべて解放してやる。ただし警察官もすべて外に出ろ。もし一人でも警察官が校内に残れば即座に報復する」

意外な条件に小向が口ごもった。

「少し時間をくれ」

小向は電話を切り、職員室から出て高倉に報告した。

# 第九章　人質

小向からの情報に佐々木はパソコンに詳しい遠山を呼んだ。

南門に常駐している神奈川警備保障会社のスタッフから、湘南台旭日高校の防犯システムを遠山に聴取させた。

「湘南台旭日高校を管轄しているのはS駅前支社で、そこに画像が送られてくるそうです。すでに署員が張りついて、校内の映像を監視しています」

「支社まで同行してくれ」

佐々木がS駅前支社に向かっている途中で、鰐淵の家が爆破されたという情報が伝えられた。高倉に連絡を入れると、負傷者が出ているが、捜査を優先してくれという指示だった。校内の状況が神田林らに流れているとすれば、すべての作戦の見直しを迫られる。

S駅前支社は大手生命保険会社のビルの地下にあった。遠山と二人で支社に入ると、警察官が敬礼で迎えてくれた。

「何か変わったことはないか」佐々木が問うと、緊張した顔で「異状ありません」と答えた。

「弊社に何か問題でもあるのでしょうか」

話しかけてきたのは、チーフの鏑木だった。

「湘南台旭日高校のこの映像だけど、どういうシステムになっているのか説明してくれないか」佐々木が頼んだ。

「メカニズムを詳しく説明しろといわれると困りますが、会社から私たちが聞いている範囲でいいならご説明します」

鏑木もシステムを熟知しているわけではなかった。

「弊社が契約している会社、公共施設、マンション、あるいは個人宅ですが、防犯カメラが捉えた映像は横浜市関内にある本社にすべてインターネット回線を使って送られてきます。銀行など特に警戒を必要とする施設については独自の回線で監視をしています」

神奈川警備保障会社は県内に十六の支社を抱えている。支社はそれぞれ担当する顧客が決まっていて、非常時にはその支社からガードマンが現場に駆けつける。二十四時間常駐する施設もあれば、夜間だけあるいは昼間の営業時間だけと、顧客のニーズによって警備の方法は変わってくる。しかし、個人を除けばすべての顧客に防犯カメラはとりつけられている。

湘南台旭日高校とは、各施設に施した防犯システムを破って外部から侵入した場合、警備システムが作動し、ガードマンが駆けつける契約になっている。防犯カメラが捉えた映像は、S駅前支社で二十四時間監視している。

「本社システムのハッカー対策はどうなっていますか」遠山が尋ねた。

「具体的に何をしているかをここで説明できる立場に私はいませんが、セキュリティーには万全を期していると思います。本社システムにハッカーが入りこむ余地はないと確信しています」

佐々木には二人の会話が十分に理解できなかった。「説明してくれ」小声で遠山に言った。

「鏑木さんの説明は、防犯カメラの映像を外部の人間がこっそり覗き見ることはできない仕組みが構築されているということです」

遠山はすぐに鏑木の方を見て質問をつづけた。

「ではS支社に外部からハッカーが入ってくるという可能性はどうでしょうか」

「本社とまったく同じセキュリティーシステムを構築しています。本社が安全ならここも問題ありません」鏑木がはっきりと言い切った。

「内部にシステムに詳しいものがいて、映像を外部に流すシステムを密かに組み込んだとしたら……」

鏑木は不愉快さを顔に表した。

「内部スタッフが協力すれば、外部への映像漏洩は可能になりますよね」遠山が挑発するように言った。

「それは可能だと思いますが、これでも弊社は安全を売っている会社です。そんな不届き者はいません」鏑木は厳しい顔つきに変わった。

　佐々木が間に割って入った。

「外部の人間が入ってきて、パソコンを操作するということは考えられませんか」

「支社には常に二人以上のスタッフが詰めていなければならない規則になっているし、外部の人間はこの部屋に入れない決まりになっています」

　佐々木は一瞬鏑木の視線が泳いだのを見逃さなかった。

「そうは言っても突然の来客もあるのではありませんか」

「まあ、そういうこともありますが……。外部の人間がパソコンを操作するなんていうことは断じてありえません」

「最近、この部屋に入った外部の人はいるのでしょうか」

「これまでに一度だけですね、突然の来客があったのは。やはり夜勤の時でした。個人の契約者でしたが世話になったとお礼の品を届けてくれました。でも去年の夏頃の話ですよ」

「お礼ですか？」

「訪ねて来られる前の晩に、不審者に尾行されているようだと連絡があり、契約者のマンションにここからスタッフ一人を派遣しました」

「どこのマンションですか」

「パークハイツレジデンスです。あのマンションにも個人契約の方は何人かいます」

「その方の名前はわかりますか」

「調べればわかりますが……」煩わしそうに鏑木が答えた。

「確か藤沢明日美さんと言ったはずです」そばにいた若いガードマンが答えた。「私が彼女のマンションに急行したので覚えています」

佐々木は視線を鏑木から若いガードマンに向けて尋ねた。

「藤沢明日美というのは間違いありませんか」

「ええ。通報があって、急いで駆けつけたのですが、遅いとすごい剣幕で怒られたので、名前ははっきり記憶しています」

若いガードマンは苦笑を浮かべた。

〈五分で来るというから契約したのに十分以上もかかるってどういうことなのよ〉

熱湯をぶちまけたような怒り方で相手を詰ったようだ。

「私たちは警察車両ではないので、制限速度で走らなければならないのと、渋滞、信号にかかると五分以内に到着できないケースも出てきます」

若いガードマンは懸命に遅れた理由を説明したが、理解は得られなかったらしい。

〈一時間ほど前に帰宅したんだけどさ、エントランスまで一緒についてきた変な男がいたのよ。気になってドアの覗き穴から見たら、よく似た男がまだウロウロしていた。それで気味が悪くなって来てもらったの〉

「藤沢様の訴えに、私は本部にすぐに連絡を入れました」

「周辺の安全の確認」という指示が若いガードマンに下った。

ガードマンは部屋を出て、十二階の廊下を歩きさらにすべての階を確認し、再び明日美の部屋にもどった。

「すべての階を回ってみましたが、不審者はいませんでした」

それを藤沢に報告し、引き上げようとすると、若いガードマンは藤沢に引き留められた。

〈怖いからもう少し一緒にいてよ〉

「それで私は本部の了解を得てからドアの前でしばらく警備を続行しました」

「藤沢さんはそれでどうされたんですか」

ガードマンは両手を後ろに組み、ドアを背にして立った。

「警備中に話しかけられても困るのですが、不安だったのかいろいろ話しかけてきました」

「どんなことを」

　佐々木は喫茶店でコーヒーでも飲みながら話しているような口調で尋ねた。

「藤沢様は湘南台旭日高校の卒業生で、母校の門から出てくる弊社の警備車両を見て、それで警備を依頼したとおっしゃっていました。契約に先立つ説明も、緊急事態には五分で急行できると聞いてたので契約したと……」

「それが遅れたということで君はオバサンに叱責されたというわけか。気の毒に」

　佐々木は茶化すように言った。

「いや、オバサンなんてとんでもありません。三十代半ばのきれいな方でしたよ」

「それで君はどう説明したんだね」

「JR線S駅前にある大手生命保険会社のビルの地階に支社が置かれ、そこにガードマンが常駐、非常ベルが鳴ると同時に駆けつけるシステムになっていると説明しました。それで少し安心されたご様子でした」

〈わかったわ、ありがとう。不審者もあなたがきたことがわかれば消えるでしょう〉

　藤沢の言葉にガードマンは、

「それではまた何かありましたら躊躇する必要はありませんので、非常用ボタンを押してください」

　と言い残して支社にもどってきた。

「結局のところ藤沢さんは不審者に尾行されていたんですか」

「多分、彼女の思い過ごしだと考えられます。一人暮らしの女性にはこうしたケースはよくあります。ご自分でも過敏になっているという自覚があったのか、その翌日に藤沢さんはわざわざお礼にきてくれて、鏑木チーフが対応してくれました」

「その時にあなたはいなかったんですか」

「その夜は非番でした」

鏑木が若いガードマンに代わって、藤沢が訪れた時の様子を説明した。

〈昨晩、ご迷惑をおかけしたパークハイツレジデンスの藤沢と申しますが、今、夜間通用口の前にいますので、開けてもらえませんか〉

「藤沢様から電話が鳴り、部下が夜間通用門に急ぐと、ビールを持って彼女が来られていました。規則ではオフィスへの立ち入りは原則禁止ですが、せっかくお礼にきてくれた依頼者を怒らせて契約を破棄されても困ります。それで簡単なご挨拶を交わして帰っていただきました」

「藤沢さんとはそれっきりですか」

「いいえ、次の日もわざわざお礼に来てくれました」若いガードマンが答えた。

「君は藤沢さんと再度会っているんだね」

「その時は岸本部長に一緒に対応していただきました」

「岸本部長というのは？」

「この支社は岸本部長と私が交代で担当しています」鏑木が言った。

「来られたのは昼頃で、寿司の出前を店員が運んできました。岸本部長は就業規則に違反する行為で、会社からは固く禁じられていると固辞されたのですが、夏場の生ものので、持ち帰ってもらうわけにもいかず……」

〈一人暮らしで、怖かった時にこちらのスタッフに親切にしていただいたお礼です。これからもよろしくお願いします〉

明日美は岸本に頭を深々と下げてから、帰っていったようだ。

「ずいぶん律儀な方ですね」佐々木はカマをかけるような言い回しをした。「藤沢さんはそれからもここに来られたんですか」

「それが最後でした」若いガードマンが答えた。

「私も一度お会いしただけです」鏑木も同じ答えだった。

「ただ……」若いガードマンが何か言いたそうに口ごもった。

「何でしょうか」佐々木が尋ねた。

「岸本部長が藤沢さんと一緒に飲んでいるのを一度見たことがありました」

「岸本さんは今日は出勤されるのでしょうか」

「午前八時に勤務を交替するのですが、二日前に突然辞表を出されてしまい、もう出社されません」鏑木が答えた。

　佐々木は難解な微積分を解く数学者のようにしばらく無言で考えこんだ。

「本来なら令状をとってからお願いすべきことなのかもしれませんが、捜査に協力していただきたい。湘南台旭日高校のモニター映像が爆破犯人グループに見られている可能性があります。パソコンを鏑木さん立会いの下に点検させてください」

「緊急時です。本来なら本社の許可も必要になりますが、そんなことを言っていられる状態ではないのはわかります。どうぞ見てください」

　佐々木は遠山に合図した。

「本社から送られてくる映像を管理しているパソコンはどれでしょうか」

　鏑木がそのパソコンを指した。遠山はそのパソコンの前に座った。それから三十分、一言も話さずにキーボードを叩きつづけた。

「鏑木さん、見てくれますか」

　パソコンのモニター画面を見るように遠山が促した。

「この五箇所のアドレスに映像が送られるようになっていますが、このアドレスに見覚えはありますか」

「いや、見覚えどころか、ここの映像が他のパソコンに送信されるなどということはあってはならないことです」

鏑木は青ざめていた。

「このアドレスは神田林がブラジルやパラグアイで開設したものです。そこに湘南台旭日高校の映像は流れています。送信を止めることは可能ですが、どうしますか」

遠山が対応を聞いた。映像を止めれば、神奈川警備保障会社まで捜査の手が伸びたことを神田林らに知られる。佐々木の判断は一瞬だった。

「そのままにしておいてくれ」

佐々木は遠山に指示を出すと、鏑木を連れて事務所の外に出た。

「神奈川警備保障会社のスタッフの中に犯人に協力している人間がいると思わざるを得ません。捜査に協力していただいて恐縮ですが、鏑木さんも含めて全員が容疑者の一人です。事情聴取の対象になります。夜が明ければ第一に岸本部長に話を聞くことになると思いますが、藤沢明日美との関係を鏑木さんご自身は何か聞いていますか」

「いや、会議で話をするくらいで、岸本部長とゆっくり酒を飲んだことさえありません。私にはまったくわかりません」

鏑木がウソをついているとは思えなかった。事務所にもどると、応援を呼ぶからこのまま残って、事情聴取をするように遠山に指示を出し、湘南台旭日高校西側の住宅地に急いだ。

現場は混乱の真っ最中だった。負傷した機動隊隊員は救急病院へ搬送されていたが、正門、南門で待機中の機動隊を補充し、警備が強化され、爆破された鰐淵宅の現場検証が行われていた。

　佐々木は高倉が待つ常駐警備車両に乗った。

「犯人たちは警察の退去と磯部、羽根田、野々村が三号館のメモリアル室に入ることを要求しています。三人が三号館に入れば、生徒と他の教師は解放すると言ってきています。そちらはどうでしたか」

　高倉が現状を報告し、神奈川警備保障会社の状況を聞いてきた。

「藤沢明日美が絡んでいます。防犯カメラが捉えた校内の映像は神田林らに見られています。ここで防犯カメラを取りはずすより、こちらがまだ気づいていないと思わせた方が得策だと思い、放置したままにしてあります。ところで三人は犯人の要求に応える用意はあるのでしょうか」

「生徒と他の教師の安全がかかっているのだから、そのくらいの覚悟はあるでしょう。ましてや校長と教頭なんだから」

　高倉も神経をすり減らしているのか、電気溶接の火花のように苛立ちが、言葉の端々に乱れ飛ぶ。

　捜査本部から高倉に緊急連絡が入った。高倉は唇を噛み締めながら無言で報告を聞いている。

「間違いないのか」高倉は念を押すように言った。「了解だ」

「新しい情報ですか」

「神田林からの電話を小向が引き伸ばしてくれたおかげで逆探知ができた。神田林はブラジルで手に入れた携帯電話に海外ローミング手続きをして使っているようだが、その発信地域が特定された」

「どこにひそんでいるんですか」

高倉が答えるのをためらっている。

「どこにいるんですか、神田林は」佐々木が聞いた。

「湘南台旭日高校の校内あるいはその周辺から発信されている可能性が強い」

「校内ですか。そんなバカな」佐々木もそれ以上二の句が継げなかった。

東の空は闇から群青色に変わり、そこに朝焼けが滲むように広がり始めていた。事件発生から四日目を迎え、事件はますます混迷していた。

「三号館は二度も爆破されています。倒壊するかもしれないのに、そんなところに行けるわけがないでしょう。しかもメモリアル室だって破壊され、今どうなっているかもわからない」

羽根田は神田林の人質解放条件を聞くと、机の上の書類を手で払い落とすように言った。敵も味方もわからないほどのとり乱し方で、小向に殴りかからんばかりの勢いだ。

「しかし、二年生の生命がかかっているんですよ」

富岡が強い口調で説き伏せようとした。

「なんだかんだ言って、富岡先生は生徒と一緒に助かりたいだけなんでしょう」

羽根田が投げつけるように言い返した。

校長としての威厳はすべて失せていた。

「止めてください。神田林がそれほど時間的余裕をくれるとも思えません。他の皆さんの意見も聞いてみましょう」袖口が二人の言い争いを止め、磯部に意見を求めた。

「お考えを聞かせてください」

磯部は唇をへの字に歪め、何も話そうとしない。

重い沈黙に耐え切れなかったのか、尾長が喉に詰まったものをなんとか吐き出すようにして言った。

「私たちも蘇州の修学旅行には引率者として参加しています。彼らをここまで追いこむようなことをしてしまったのか、その理由をずっと考えてきました。私は運ばれた病院で自分でもパニックになり、負傷した生徒の間をウロウロしているだけでした。至らなかったと反省しています。それを謝罪しろというのであれば、私は謝罪したいと思いますが、磯部先生、羽根田校長、野々村教頭の三人を人質に要求してきたということは、引率教師の不手際だけが理由のようには思えません。もう一度、よく考えて回答を神田林君に伝え、和解の道を模索したらどうでしょうか」

同じ三号車に乗っていた国生も尾長に同調した。三号車はほとんど被害を受けていない。負傷者も少なく病院へ搬送されたのも最も早かった。

尾長、国生には神田林らと最初から接点はなく、他の教員と同様に事件に巻きこまれたという受け止め方をしているのかもしれない。

「私も現場に残るべきだったとは思いますが、しかし、あの場合、助け出された生徒を病院に連れて行くためにはああするしか仕方ありませんでした」

一号車に乗っていた島崎も、神田林らの怒りの対象外になっていることに安堵している様子がうかがえる。

「私たちだって生徒の安否を心配し、事故現場で痛みと寒さに耐えながら全力を尽くしたんです。今になればああすればよかった、こうすればよかったと言うことはたやすい。しかし、あの現場でできることはすべてやりました」

いつも大人しく従順な野々村までが、三号館に行くのに抵抗を示した。

「磯部さん、あなたは蘇州修学旅行の発案者で、当時の校長です。羽根田さんは現校長、野々村さんは教頭を務めています。学校の最高責任者の地位にある教員が生徒の命を守るのは当然の使命だと思わないのですか」

富岡は三人の煮え切らない態度に怒りをあらわにした。

「小向さんはどう思われますか」

ふいに袖口が聞いてきた。

「捜査本部の考えということではなく、私個人の考えということでお話しします。三人が仮に三号館へ行ったとしても、彼らの目的は三号館を爆破し、三人を殺すことにあるとは思えません。二号館からは爆発物は発見されていません。犯人たちは最初から生徒や教師の生命を奪うつもりはないように思えます。湘南台旭日高校を爆破する理由を明らかにせよと最初から目的は明白です。その回答が彼らの納得するものでないから、事件は長期化しているように感じます」

「それなら何も三号館などに行かなくても、二号館に私たちが留まっていても同じことでしょう」磯部が小向に反論した。

「しかし、神田林はメモリアル室に行けと言ってきています。やはりあの事故に根深い遺恨があり、彼らにとっては三号館メモリアル室に意味があるのだと思います。どんな意味があるのかは私にはわかりませんが……」

真実を知っているのは、あなたたち三人だという思いを言外にこめて小向は言った。

小向の言いまわしに棘を感じたのか羽根田が言った。

「二号館に残ろうがメモリアル室に行こうが、私たちの回答は変わりませんよ」

「どこまで醜態をさらけ出せば気がすむんだ、あなたたちは。生徒を一流大学に送りこむことだけが我々の仕事ではない。生徒の命を守るのは教師の義務だ。あんたたちはそんなこともわからずに今日まで教壇に立ってきたのか」

富岡はついに怒鳴り始めた。袖口が制止しても、それを振り切ってつづけた。

「最初から犠牲者の親たちが知りたがっていることをすべて明かしていれば、原告の三家族だって、最高裁までもつれこむことなんてなかったんだ。磯部さん、あんたのいい加減な視察で修学旅行を決め、羽根田校長も野々村教頭も生徒を放り出して自分だけ助かろうとした。原告だけではなく他の遺族だって思っていることだ。裁判に加わらなかったのは、亡くなった自分たちの子供は帰ってこないと諦めて争いを避けただけだ。また生徒を見捨てる気ですか。それでも教師か」

長年胸にしまっておいた憤怒が心の外にはみ出たような怒り方だった。富岡は教師の誇りを叩きつけているように小向には感じられた。

時間は刻々と過ぎていった。

「これを見てみろ」

神田林はノートパソコンのモニターを見ながら鰐淵を呼んだ。

「なんだ」

　神田林はモニターを鰐淵の方に向けた。受信トレイが映し出されている。鰐淵も送信者の名前には見覚えがある。

「それでどうする気だ」メールを読み終えると鰐淵が聞いた。「信用しても大丈夫か」

「ここまで来ているのに、俺たちを欺いても何の得もないだろう。知りたがっていることには答えてやるさ」

　神田林は返信メールを送信した。

「もうすぐ夜が明けるが、あいつらの結論は出ただろうか。夜が明け切る前にはこちらも移動しておきたいからな」

　鰐淵は三号館に三人が入るのを拒否した場合、次にどんな手を打てばいいのか、それを心配していた。

「もし拒否すれば、自分たちの命ほしさに生徒を危険にさらしていることを公表する。どちらにしても世間の非難からは免れようがないようにしてやるさ」

　磯部に引きずられて他の二人もメモリアル室に入ると神田林は確信していた。磯部のプライドというより虚栄心がそうさせると思った。世間からどう見られるかが磯部の判断の大きな指針になっているのだ。

　三人には公表されたら身の破滅につながる秘密がある。その秘密が公になるのを防ぐために、この期に及んでも平然と取引を持ち出してくるだろう。

神田林は羽根田に電話を入れた。電話の発信地域もそろそろ特定されているだろう。しかし、そんなことはもうどうでもいい。

「結論は出たか？」

「もう少し時間はもらえないか」

小向が返事を引き延ばそうとした。

「あんたに話すことはなにもない。校長を出せ」

羽根田が出た。

「メモリアル室に入る決心はつきましたかな、羽根田校長先生」

神田林は回答ができなかった生徒の頬を、嘲りながらヒタヒタと叩く教師のような口調で尋ねた。かつての教え子に小ばかにされ、憤然としている表情が目に浮かぶ。

「三人でメモリアル室に入ることにやぶさかではない。しかし、二年生と他の教員の解放を約束してくれ」

羽根田の回答は歯切れが悪い。

「最初からその条件を提示しているでしょう。本気でメモリアル室に行く覚悟はおありなんですか。さあイエスかノーでお答えください」

神田林はクイズ番組の司会者のように問い詰めた。そばで鰐淵が苦笑している。

「イエスだ」

「わかりました」

解放の手順を通告しようとしたら小向が再び出た。

「生徒と他の教師の解放だが、西側の塀から出るのは不可能な状態だ。体育館を出て南門から出したい」

「そうですか。あなた方も一緒に学校の敷地から出ることを忘れないように。ところで三人はいつメモリアル室に入るんですか」

「すべての人質が解放された後、二号館から移動する」

小向が一際強い口調で言った。しかし、神田林はあっさりと答えた。

「どうぞ、そうしてください」

小向はきっと呆気にとられているだろう。

「その代わりと言ってはなんですが、こちらからも条件を一つ要求します。三人の他にもう一人袖口先生もメモリアル室に行っていただきます。磯部、羽根田、野々村の三人がメモリアル室に入ったところを袖口さんからの写メールで確認させてもらいます。その確認がとれた段階で袖口さんには南門から出てもらいます」

「このまま少し待ってくれ」

小向が袖口に話を伝えているのだろう。

「わかった。袖口先生にもメモリアル室に行ってもらう。その代わり約束は守ってくれ」

「それはこちらがいうセリフです。あなた方には校内に入るなと忠告したのに堂々に入っている。いいですか、変な気は起こさないでくださいよ。グラウンドは地雷原だと思ってくださいね。約束が守られなければ、どれほどの犠牲者が出るかわかりませんよ」

神田林は声を上げて笑った。

# 第十章 解放

夜が明けると同時に体育館から南門に向かって、安全を確認するためにまず機動隊が先頭に立ち南門手前まで隊列を組んで進んだ。二号館から体育館に生徒を避難させた時のように、盾のトンネルは築けなかったが、数メートルおきに隊員が立って生徒の避難路を確保した。

さすがにどの生徒にも精気はなかった。無理もない。三日間も校舎爆破の恐怖にさらされ、しかも教室から一歩も外には出歩けなかったのだ。男子生徒も女子生徒も、奴隷が足かせをはめられたまま歩くようにして南門に向かった。

小向は体育館の出入口で生徒を一人一人送り出した。体育館からグラウンドを横切り、南門までわずか二百メートル足らずだが、途中でうずくまり歩行困難になる生徒もいる。機動隊に支えられてかろうじて歩いている状態だ。体調を崩している生徒は毛布を頭からすっぽりと被っている。

生徒と教師が解放された後の展開を小向は必死に考えていた。警備会社の警備システムに侵入し、防犯カメラの映像を転送させ、監視しているくらいだから、警察官が校内に残れば何をしでかすかわからない。

すっかり夜は明けた。解放された生徒と教師は南門から出て、待機していたバスに乗って、近くの病院にそれぞれ搬送されていった。つづいて機動隊、爆発物処理隊が校内に出た。

小向は体育館から出る直前に二号館へもどった。

「神田林はどうして袖口先生を選んだのか、何か思い当たる節はありますか」

「見当がつきません」

袖口は三号館に入ることに抵抗している様子はなかった。

「怖くはありませんか」

「怖いに決っているでしょ。でも生徒を解放してくれるのなら、それくらいの条件は受け入れますよ」

袖口の返事は竹を割ったように明快だった。

「メモリアル室への移動をなぜ袖口先生に要求しているかはわかりませんが、写メールを送ったら三号館を離れてください」

「私もそうしたいが、神田林がそれを認めるのかどうか……」袖口は不安を口にした。

小向は袖口を激励して、南門を出た。パトカーで西側に止めてある機動隊の常駐警備車両に急いだ。高倉、佐々木に校内の様子を報告した。

高倉は待機していた銃器対策部隊の橋元を呼んだ。武装テロリストに対処するための部隊で、ドイツ製の自動小銃MPSが配備されている。

「犯人グループは、今のところはっきりしているのは神田林とダイナマイトを工事現場から持ち出した鰐淵、この二人です。まだ共犯がいるかもしれませんが、人質は磯部、羽根田、野々村、そして袖口の四人だけです。生徒はすべて解放されました。神田林の携帯電話は校内から発信されているようです。すでに校舎内にひそんでいるかもしれません。人質の安全確保のためにも、非常時には発砲も止むを得ません」

高倉は狙撃による射殺を認めた。死者はまだ出ていないが、西側にあった鰐淵の家が爆破され、機動隊隊員の中に負傷者が多数出ていた。所持しているダイナマイトの量も多く、犯人をこれ以上自由にしておくことにはあまりにも危険が大きすぎると判断したのだろう。

銃器対策部隊の隊員には、神田林の旅券に用いられた写真、鰐淵の工事現場で撮影された写真が配布されていた。

「神田林らが校内にひそんでいるというのは確かなんですか」

小向が疑問を口にした。

「確証はありません」高倉の答えにも焦燥と怒りがこもっている。

結局のところ発信地域が特定されただけで、神田林が校内へ侵入した事実が判明したわけではなかった。実際、そんな時間があるはずもない。しかし、最初に脅迫電話を入れた段階で、すでに校内に潜伏していたことも考えられる。

その可能性があるのは、三号館だけだが、二度にわたってダイナマイトによる爆破が行われている。そこに彼らが身をひそめるとは思えない。


二号館の職員室に残されたのは、磯部、羽根田、野々村、そして袖口だけで、それまでの野戦病院のような喧騒は失せていた。三人はこれから刑が執行される死刑囚のような顔をしている。

「こうしていても埒が明きません。行きましょう」袖口が促した。

「ちょっと待ってくださいよ。袖口君には他人事でしょうが、私たちは命を奪われるかもしれないんです。家族に手紙を書くくらいの時間はください」

磯部は壁際に置かれたコピー機から用紙を数枚抜きとると、空いている机に向かい手紙を書き始めた。それを見た羽根田、野々村も同じように家族への手紙を書き始めた。

「どうしてこんなことになってしまったのか……」野々村が独り言とも愚痴ともとれる言葉を口にした。「最後まで現場に残り、あの三人を助けてあげればよかったんだ」

「今さら何を言っているんですか。私たちだって負傷していたのに、三人の救出には全力を尽くした。あれ以上の何が私たちにできたというのですか」

羽根田がいつもの口調で野々村を叱責した。

「そうですよ。あの三人には、事故後も何かにつけて心を砕き、学校側としては最大のケアをしてきました。それをこんな形でしっぺ返しを食うとは思ってもいなかった」

磯部も怒りを吐き捨てた。

それでも野々村には後悔が残るのか、ボールペンを握る手を止めて言った。

「違います。私が言っているのは、その三人ではなく……」

「もう止めてくれ」羽根田が野々村の口を遮った。

野々村は口ごもり黙ってしまった。不審な会話に、一瞬口をはさもうとしたが、袖口は思い止めた。

三人はそれから無言で手紙を書きつづけた。書き終えると、封筒にしまい袖口に手渡した。最後まで書いていたのは野々村だった。

「さて行きましょうか」磯部が校長室から先頭に立って出た。

三号館がどんな状況なのか想像もつかない。メモリアル室は四階にある。袖口は三号館の入口まできて絶句した。磯部らは顔色を変えた。三号館の損傷はひどく一階天井に大きな亀裂が走っていた。そこから水が流れ落ちてきている。

二回目の爆破で屋上にあるプールが破壊され、その水が一階にまで流出しているのだろう。

「こんな状態で四階にまで上がれるのでしょうか」羽根田が天井を見上げながら言った。

「行くしかないでしょう」磯部が観念したように言った。

階段を上り始めると、壁にも亀裂があり、そこから真っ黒に汚れた水が染み出ていた。

雷雨の中を走ったように衣服は濡れ、寒さが襲ってきた。

「もう一度ダイナマイトを爆発させられたら、私たちは瓦礫の中に埋まってしまいますね」

野々村が情けない声を上げた。

電気はもはや通じていないだろう。窓から光が差しこんでくるから、階段を上っていけるが、夜だったら歩くことは困難になる。三階、四階と上がるに連れて、地に刺さった落雷のような亀裂が天井、壁の至るところに走っていた。

「ダイナマイトなんかなくても、我々の重量だけでも一瞬にして崩落するかもしれませんな」磯部が他人事のように言った。

メモリアル室は四階の中ほどに位置する教室を改造して設けられた。中には二十八人の犠牲者の遺影や、追悼文集、当時の写真などが展示されている。しかし、それらの写真や文集は爆破によって紙くずになって散乱し、さらに泥水がそれらを覆っていた。

メモリアル室には、ソファが置かれ、そこで追悼文集も読めるようになっていたが、爆破の衝撃と天井から滴り落ちる水と剥がれ落ちた天井の板で、ソファは無残な姿をさらしていた。

袖口は神田林の要求に応えるために、壁際に三人に立ってもらい携帯電話で写真を撮った。テロリストが身代金を要求する時に送る人質の写真と同じで、三人とも魂を抜かれたような顔をしていた。

袖口はそれを神田林のメールアドレスに送付した。

反応はすぐにあった。神田林は着信と同時に返信メールを送ってきた。

「三人がメモリアル室に入ったことは確認した。三人にそこから動くなと伝えろ。君は南門から校外に五分以内に出ること」

袖口は返信メールを読み上げた。

「申し訳ありませんが、学校から出ろという指示なので、これで失礼させていただきます」

三人は無言のまま何も答えなかった。仕方なく、袖口は階段を降り、校庭を横切るようにして南門から出た。

鰐淵が湘南台旭日高校西側の一戸建て住宅を購入したのは、明日美がパークハイツレジデンスに入居したのとほぼ同じ時期だった。明日美とは携帯電話で頻繁に連絡をとり合った。

高校、大学とサッカーに打ちこみ、荒々しい性格の持ち主かと思っていたが、外見とは対照的に慎重な性格だった。

鰐淵は家を買うと、すべての戸を閉め切り、中に人が住んでいるのか、いないのかわからないような状態にした。夜も電気はつけず、懐中電灯で過ごすという徹底ぶりだ。

「誰にも見られずに生活するなんて無理だけど、可能な限り目撃される回数は減らしたい」

入居して一ヶ月間は、外出もせずに近所の生活パターンを観察していたらしい。それを見きわめると、明日美に買い揃えてほしいものを連絡してきた。一度にすべてを揃えるのは不可能な量で、種類も多岐にわたっていた。また怪しまれないようにするために、買う店も地域も変えろという指示だった。

足場用鉄パイプ、パイプ接続用クランプ（金具）、鉄板、避難用縄梯子、セメント、板などの木材、土嚢、横浜市指定のゴミ袋、スコップ、電気コード、電気スタンド、電球、電池、簡易トイレと簡易ベッド、湿気吸収剤、扇風機、寝具二組、レトルト食品、食料、水などだった。

用意ができると、明日美は深夜の二時過ぎに鰐淵の自宅前に、普段は使っていないワンボックスカーを止めた。エンジンを切ると、すぐに家のドアが開き、鰐淵が飛び出してくる。真っ暗な中で運び入れる作業を行なう。十分もしないで、明日美はその場を離れる。こんなことを何度か繰り返しながら、三週間ほどでオーダーのあった品物はすべて搬入できた。

それから二ヶ月が過ぎ、秋の気配が感じられるようになった頃、明日美は四トントラックのレンタカーを横づけするように鰐淵から連絡を受けた。この時も、深夜の二時と指定された。

鰐淵の自宅前に着くと、Tシャツ姿で飛び出してきて、家の中から土嚢を運び出してきた。

「明日美は運転席に隠れて、誰かに見られたかどうかを確認してくれ」

鰐淵が土嚢を運び出してくるたびに、体中から汗が流れ落ち、シャツは水をかぶったように濡れていた。

「このまま地図に記された産廃業者のところに運んで行き、処分してもらってくれ。話はすべてついているから、お前はこの土嚢を相手に渡すだけでいい」

そういうと鰐淵は家の中に入ってしまった。荷台には土嚢が積まれている。明日美は四トントラックを運転し、国道十六号線を八王子インター目指して走った。指定された場所は山梨県I市にある産業廃棄物処理業者だった。

中央高速道をカーナビゲーションに従って走った。東の空が明るくなり始めた頃には目的地に着いていた。山の中腹を削って造成した更地の周囲をブルーシートで囲っていた。出入口も閉まっていた。

その前にトラックを止めて待った。一時間もしないで産廃業者の車が近づいてきて出入口を開けた。

「ついてこい」

業者は車を囲いの中に入れた。その後をついていくと、中にはありとあらゆるものが投棄されていた。業者は車を止め降りてくると、荷台に乗り、土嚢を外に放り投げた。十分もかからなかった。

「帰ってもいいよ」業者が言った。

明日美は再び八王子インター目指して、今来た道をもどった。

同じことを一週間おきに四回繰り返して、産廃置き場へのドライブは終了した。

しばらくすると鰐淵から連絡があった。

「ほぼ完成したから、明日美も見ておけ。ただし車では来るなよ」

深夜、完全に人通りがなくなった頃合いを見計らって鰐淵を訪ねた。小さくドアをノックしただけで玄関は開いた。相変わらず電気は一切使っていない。ドアを閉めると、懐中電灯が明日美の足元を照らした。

「部屋には何も置いていないから、つまずくものは何もない」

鰐淵は暗い中でも歩くのに慣れているようだ。家の間取りはわからないが、短い廊下の突き当たりの六畳間に導かれた。

「持っていてくれ」

明日美は懐中電灯を手渡された。鰐淵は慣れた手つきで畳二枚を撥ね上げて、壁に立てかけた。床板も手際よくはずすと、その下に鉄板が置かれていた。その鉄板を横にずらすと、一メートル四方の穴が口を開け、底の方には明かりが灯されていた。

掘られた穴の周囲は足場用鉄パイプが組まれ、泥が崩れてこないように板で補強されていた。避難用縄梯子で底に降りると、幅はやはり一メートルくらいだが高さは一メートル半ほどある横穴が東に向かって伸びている。

横穴にも足場用鉄パイプが組まれ、特に天井が崩れ落ちないように頑強な造りになっていた。腰を屈めながら十メートルくらい進むと、コンクリートで塗り固められた四畳半程度の広さの部屋にぶつかった。高さは二メートルくらいある。

そこには蛍光灯ランプが灯されていた。明日美が頼まれて購入したものがすべて保存されていた。部屋の隅に簡易ベッドが二つ置かれ、その上に寝具が並べられていた。水や食料もうず高く積まれていた。

部屋の角には上に伸びている穴があり、やはり避難用縄梯子がとりつけられている。

「あの穴はどこに出るの」

「体育館横に体育道具のプレハブ倉庫があるだろう。ここはその倉庫の真下だ」

鰐淵から神田林の帰国計画を聞いた。

「あいつが帰国すれば、もう明日美とも直接会えなくなるというか、電話かメールのやりとりしかできなくなるから、今聞いておくけど、後悔しないのか。抜けるのなら今しかないぞ」

「怖くないといえば、嘘になるけど、後悔はまったくないよ。再会した日に言ったことは本当のこと。もう終わりにしたいの。これ以上生きて何の意味があるというの……」

「そうだな。俺たち三人の人生はあの時に終わっていたんだ」

鰐淵も相槌を打った。

「高裁判決が出てからは、私はもう横浜の街を歩くのもイヤになったわ。生きている資格もないと思った」

原告側は事故直後、羽根田、野々村は生徒の安全をはかる義務があったにもかかわらず、生徒を放置して現場を離れたと主張した。二人は当然その事実はないと反論した。その傍証として法廷に二人の生徒が書いた作文が提出され、証拠として採用された。一つは明日美が書いた作文だった。

「書いたことさえ忘れていたよ」

しかし、新聞に報道された判決要旨の中に、仮名でしかも作文の一部だったが、覚えのある文章が引用されていた。

もう一つの作文は鰐淵が書いたものだった。

「俺のところには原告側の弁護団が押しかけてきて、法廷で証言してほしいと何度も言ってきたが、明日美のところには来なかったのか」

「あの頃はホテトルやったり、ジイさんの愛人をしていたりで、マンションを転々として両親には居場所さえ教えていなかったから住所不定状態だったの」

「俺は思うんだ。若いから何度でもやり直しがきくってよくいうだろう。でもウソだと思う。若かろうが、年を食っていようが、絶対につまずいてはいけない瞬間が人間にはあるんだって」

「私たちはその時に転んで、とんでもない泥濘《ぬかるみ》にはまってしまったということよね」

「でも生き直す第一歩が最高裁判決の日から始まった。あのまま泥沼でもがいているよりはずっとましさ」

「ホントにそうね」

明日美はダイナマイトが入っているフィッツケースを見ながら言った。

湘南台旭日高校と蘇州列車事故の被害者遺族との争いに終止符を打たれたのは、半年前のことだった。

最高裁南門には傍聴券を求めて列ができていた。交付される傍聴券は四十五枚だけ。明日美は南門を遠くからながめているだけで、列に加わる勇気はなかった。しかし、その場から立ち去ることもできずに、気づくと日比谷公園にきていた。

花壇にはパンジーやチューリップが植えられ、その周囲を蝶が舞っていた。あと一時間もすればサラリーマンやOLがオフィスビルから出てきて昼休みを過ごす。

公園のほぼ真ん中に噴水がある。その前にボンヤリ佇んでいると噴き上げる噴水の水が霧になって流れてくる。ハンカチで額についた霧を拭きとっているとホームレスが近づいてきた。髪は伸び放題、口髭も顎鬚も剃っていないために伸びきっている。正確にはホームレスに見えたと言い直すべきだとすぐ気づいた。

デイパックを背負い、決して高価とは思えないがブレザーにタートルネックのシャツを着ている。両肩の盛り上がり具合からするとアメリカンフットボール選手を思わせる体型だ。折り目の入ったズボンに磨かれた靴を履き、ホームレスにしては小奇麗な格好をしている。

男はまっすぐ明日美の方に向かって歩いてきた。男の視線は明らかに明日美に注がれている。

「藤沢明日美だよな？　俺だよ、俺」

男は親しそうに、しかし、ニコリともせずに明日美の名前を呼んだ。それでも明日美には誰なのかわからなかった。

「鰐淵康介だ」

名前はもちろん覚えている。しかし、高校を卒業して以来会ったことは一度もなかった。目の前の鰐淵からは精悍なスポーツ選手の面影は影も形も失せていた。

挨拶もせずに鰐淵が聞いた。

「お前も判決が気になってきたんだろう」

「ええ……」

「俺も傍聴しに来たけど、中に入るだけの度胸がなくて……」

二十年ぶりの再会なのに、明日美は懐かしさを特に感じることもなかった。おそらくそれは鰐淵も同じだっただろう。それに判決の話をそこではしたくなかった。

「有楽町で食事でもしない」明日美が誘った。

「俺はかまわないが、仕事を放っておいても大丈夫なのか」

明日美はそれには答えず、有楽町に向かって歩き出した。

「君こそどうなの」明日美が聞いた。

「見ての通りさ。サッカーをやるつもりでM大学に入ったが、退学してその後はフリーター暮らしだ」

それ以上、明日美は何も問い詰めなかった。スポーツに優れていただけではなく、学力も常に十位以内に入っていた。大学に進学後、ドロップアウトするような出来事が起きたのだろう。

日比谷公園を出て帝国ホテルの前を通りかかった。見覚えのある男性が向こうから歩いてきた。二人は思わず顔を見合わせた。

「あいつだよな」自信なさそうに鰐淵が言った。

相手も二人に視線を向けながら近づいてきた。

「豪ちゃんなの」と明日美が確かめるように聞いた。

「そう、俺だよ」神田林が答えた。「そちらの方は……」

「お前、ひどいヤツだな。明日美はわかって俺のことは思い出せないのか」

無理もない。体型は変わっていないが、容貌は昔とは大違いだ。それでも声や口調には聞き覚えがあるのだろう。

「鰐淵か」

「これから有楽町でメシでも食べようと話していたところなんだ。豪もつき合わないか」鰐淵が誘った。

「店はもう決めたのか」神田林が聞いた。

「これから行って適当な店に入るつもりよ。どこか美味しいところを知っていたら紹介してくれない」

　時々訪れるというフランス料理のレストランへ神田林が案内してくれた。

「いつもの部屋、空いているかな」

　三人は個室に案内された。テーブルに着くと、明日美が聞いた。

「最高裁の法廷、傍聴したの？」

「負けた」神田林が答えた。

「やっぱりね」

　明日美も予想していた。

　神田林がフレンチのコースとシェフお勧めのワインをオーダーした。普通なら高校時代の思い出に花を咲かせるのだろうが、三人の会話ははずまなかった。まるで仲間の訃報を聞いて集まった同級生のように沈んでいた。

　それでも三人は各々近況を語り合った。ワインを呷りながら明日美が言った。

「つくづく思うよ、私もあの時に死んでいればばって」

「俺だってそうさ。もう終わりにしたいんだ、自分の人生に」鰐淵も呻くように言った。

「俺はそうは思わん。俺たちが生き残ったのには理由があるはずだ」

「理由って何なのさ」明日美は自分でワインを注ぎ、飲みながら言った。

「このまま朽ち果てていくのもいいかもしれん。でも生き残ったんだから、そのことにきっと意味があるはずだ」

神田林の話は答えにはなっていなかった。

「だからその理由を教えろよ」鰐淵も苛立っていた。

「明日美は死のうと思ったことがあるのか」

神田林が自白を迫る刑事のような顔つきで尋ねた。

「あるさ。楽に死ねたらいいと思って四、五回分のシャブを一度に打ってさ……、何度も救急車で運ばれたよ。死なせてほしいって言ってるのに、気がついたら病院のベッドさ。今だって死にたいと思っているよ」

「俺は山を爆破する建設現場にもぐりこめば、跡形もなく死ねると思ったけど、見つかり作業員に袋叩きにあって放り出された」

「そうか」神田林が安堵とも落胆ともとれる声を漏らした。そしてつづけて言った。

「俺には計画があるんだ。でも一人では実行できない」

「計画？」鍔淵が訝る顔をした。

神田林はグラスに残ったワインを飲みほすと一気にその計画を語った。

食事を終えて三人はレストランを出た。

翌日の新聞に湘南台旭日高校の記事が出た。

——二十一年前、湘南台旭日高校は修学旅行で中国蘇州に向かったが、蘇州近郊で信号を見落とした運転手が単線をそのまま進行し対向列車と正面衝突、列車は大破し教師一人を含む二十八人が犠牲となった。

遺族らは学校当局の事前調査が不十分だったとして損害賠償請求を起こしていたが、最高裁は、事故を予見するのは不可能で、学校側には責任はないとする控訴審判決を支持し、遺族側の訴えを棄却した。

# 第十一章　対決

佐々木は神奈川警備保障会社の岸本の自宅にパトカーで急行した。菊名駅はＪＲ横浜線と東急東横線が交差する。徒歩なら駅から十分程度の高台に建てられたマンションで暮らしていた。

エントランスでインターホンを押すと、妻らしき女性の声がした。

「朝早くから申し訳ありません。湘南台警察ですが、ご主人はご在宅ですか」

「はい。お待ちください……」

訝る声で返事があり、すぐに「はい」という声がした。

「湘南台旭日高校の事件で、おうかがいしたいことがあってきました」

無言のままロックが解除され、自動ドアが開いた。佐々木はエレベーターで五階に上がった。岸本の住む五〇一号室はすぐにわかった。岸本は妻に話を聞かれたくないのか、部屋から出て、ドアの前に立って待っていた。

「どのようなご用件でしょうか」

「藤沢明日美さんをご存じですよね」

岸本は警察が来るのを予期していたのか、理由も聞かずに「はい」と答え、そして

「家の中には家内や子供がいるのでここでもよろしいですか」とつけ加えた。

「いずれ署にきて詳しく話を聞かせてもらいますが、とりあえずここでもかまいません」

　佐々木はこう前置きしてつづけた。

「藤沢明日美さんとはいつ頃知り合いになったのでしょうか」

「昨年の夏だったと思います。藤沢さんが不審者に尾《つ》けられていると、神奈川警備保障会社に連絡をされてきて、それで若いスタッフがパークハイツレジデンスに駆けつけました。そのお礼にと寿司を持ってきていただいたのが最初でした」

「それからは？」

「大人のつき合いをしてきました」

　岸本は藤沢明日美との関係をあっさり認めた。二人でいるところを部下に見られているのを知っているようだ。

「そのこととあなたの突然の退社と関係があるのでしょうか」

　佐々木はまわりくどい聞き方ではなく、単刀直入に核心部分を聞いた。

「関わりになりたくないと思って退社しましたが、刑事さんが来られたということは、否が応でもすでに巻きこまれているということでしょう」岸本が答えた。

「あんな事件に関係するようなことは私は何もしていません。正直にすべて答えます」

岸本は去年の夏からの関係を詳細に語った。

「寿司の出前をごちそうになり、就業規則違反なので自腹で彼女の家にワインを届けました」

それで貸し借り無しだと、岸本は考えた。しかし、それから間もなく、居酒屋で藤沢と一緒になった。

〈ワインおいしくいただきました。ありがとうございます〉

こう言いながら、藤沢が隣に座ったということらしい。岸本は菊名駅近くにある居酒屋で時々飲んでいた。

「藤沢さんはどうしてその店に現れたのでしょうか。飲みたければ横浜市内にはいくらでも居酒屋はあります」

「わかりません。偶然でしょう」岸本が即答した。

藤沢はシャネルのブローチがついた赤のTシャツにジーンズという派手な格好で、周囲の客の視線が彼女に集中したらしい。

「その時は早く席を立ちたい一心で、彼女の進める酒を飲みました。私は一人で酒を飲む方が好きなんです」

「でも、それをきっかけに愛人関係が始まったのでは」

「ええ、まあ」岸本は言葉を濁した。

「そうなんですね」佐々木は確認を求めた。

「飲んでいる最中に、彼女に私の性癖を知られてしまったんです」

「性癖……」

「私はMで、彼女はSでした。互いにかもし出す雰囲気みたいなものがあってわかるんですが、私は手錠プレイが好きで、その手錠をはめた痕を見られてしまった」

佐々木には手錠をはめられてするセックスのどこがいいのか、理解が及ばない。

「依頼者と愛人関係になったというのが、今回の突然の退社理由ですか」

佐々木には岸本がすべてを打ち明けたとは思えなかった。

「私はガキの使いにきたわけではありませんよ。今は令状なしで話を聞いているから、無理強いはしません。でも、すべてを話した方が後々のことを考えるとあなた自身のためですよ」

佐々木は恫喝を加えた。

「そうですよね」岸本は自分自身を納得させるかのようにつぶやいた。

岸本は藤沢に呼び出され、いつも新横浜駅前のプリンスホテルでSMプレイを楽しんでいた。

「藤沢さんの言葉の端々から湘南台旭日高校に深い恨みを抱いていると感じました。

でも、深い意味があるとは思わずに、ＳＭプレイをしている最中に、湘南台旭日高校の警備システムについてそれとなく話してしまった」

「具体的には何を話したんですか」

「防犯カメラの位置と防犯システムです」

防犯カメラが捉えている範囲と、不審な侵入者をキャッチできるのは、一号館、二号館、三号館の出入口のドアを破壊したり、ドアのガラスを破ったりして侵入した時だけで、校舎のガラスや体育館はまったくの無防備であることが藤沢に知られた。

「それだけで今回の事件に彼女が関与していると思ったのですか。藤沢のことはまだマスコミに漏れていません」

「いいえ。それだけではなく湘南台旭日高校の校長から、蘇州列車事故の最高裁の判決直後は警備を念入りにと依頼が来ていました。最高裁判決が下りた直後は何事もなく、ホッとしていました。藤沢さんとの関係ができてからも、その事件と関連づけて考えることもありませんでした」

「では、どうして退社を」

「当時の新聞から彼女が蘇州列車事故の『奇跡の生存者』だと知りました。彼女に湘南台旭日高校の警備について話してしまったことを後悔しました」

首を折るようにして岸本が言った。

「たとえそうだとしても、今回の事件と藤沢が直接結びつくとは思えないが……」

岸本は藤沢とのＳＭプレイにのめりこんでいた。

「元旦早々に藤沢さんは若い女性二人を連れて、Ｓ駅前支社に来られました。規則では外部の者を事務所内に入れるのは禁じられていますが、私は制止しきれませんでした」

「どういうことだ」佐々木は語気を強めた。

〈会ってあげるよ。三十日、大晦日、元旦、いつが都合いいんだ〉

「彼女からこう言っていただきましたが、妻にも不倫は知られていました」

藤沢にどう答えていいのか岸本は返事に窮した。

「年末は変則的なローテーションになるんです。私は大晦日の朝から入り、元旦の朝まで二十四時間勤務になります。三十日は寝ておかないと勤務に差し支えるし、元旦から四日まで休みですが、家族で実家の方へと私は答えました」

〈わかった。次はこちらから連絡する〉

藤沢の返事に岸本は内心胸を撫で下ろしていた。

しかし、元旦の午前二時に岸本の携帯電話が鳴った。

〈今、ビルの夜間専用ドアの前に若い子二人を連れてきたの。寒いから早く開けて〉

「ここに来てもらっては困りますと私は言ったのですが……」

〈このアタシに恥をかかせる気なの。あんたの部下にも美人を抱かせてやろうと思って連れてきたのに〉

岸本は藤沢の言いなりだった。夜間通用口を開けると、三人の女性が飛びこんできた。

〈部下に二人を抱かせやるといい。あんたは別のところで十分楽しませてやるよ〉

「上司として部下にはどう説明したんだ。規則で禁止されているのに、三人もの女を引き入れて……」

「コンパニオン派遣会社を経営している私の知人が、初詣に行く前に立ち寄ったんだと説明するしかありませんでした」

〈どこか夜景のきれいなフロアーで、気に入った方を抱いてきて。一時間くらい帰ってこなくていいからね〉

「部下の二人は部屋を出て、ビル内の警備に向かいました」

「若いスタッフは無人となったオフィスでセックスを楽しみ、君は藤沢と二人でセックスを楽しんだ、ということか」

岸本は無言で頷いた。

「君たちはどこでセックスをしたんだ」

「部屋の奥に仮眠室があります」

一時間後、若いガードマンと女性が一組ずつもどってきた。

〈あなたたち、岸本さんに感謝しなさいよ。大晦日も勤務する部下にサプライズを用意してあげたいというから、うちの女の子に無理を言ってきてもらったんだから〉

藤沢はこう言って帰っていった。

「それを最後に藤沢さんとは連絡がとれなくなりました」

岸本の心の中で、藤沢への未練と不安が日を追うごとに膨れ上がっていったようだ。藤沢は岸本とのセックスを楽しむふりをしながら、神奈川警備保障会社の弱点を洗いざらい聞き出した。すべて聞き出したから、関係を断ったに違いない。

「実は見てしまったんです」

恐れを滲ませながら岸本が意を決したように言った。

「何を」

プレイが終わった頃、藤沢の携帯電話がマナーモードで着信を知らせた。

「彼女がコートを羽織っている隙に、彼女の携帯メールを読んでしまった。『完了』と記されていた。そのことがあったのでずっと不安でした」

「若い二人とのセックスが終わったという連絡が、女性から入ったのでは」

「私もそう思っていたというか、そう思うようにしていたのですが……。事件が発生したのを知った瞬間、もしかしたらセックスをしている間に、支社の中の防犯システムに細工をされていたのではと思ったんです。それで恐ろしくなって辞表を提出しました」

セックスをしていたのは一時間程度だった。その間に、防犯カメラのシステムに細工が加えられたのは明らかだ。岸本は詳細を知らなくても、外部から侵入者があったことはそれとなく気づいていたのだろう。恐ろしくなって辞表を提出したのではなく、懲戒解雇になる前に退職金を手に入れたかったというのが本音だろう。

「若い二人の女性は一晩十万円のギャラで、藤沢さんに雇われたホテトル嬢でした。面接するだけで一万円のギャラをもらったと、一人のホテトル嬢は自慢していたそうです。部下は二人ともホテトルクラブの名刺をもらっていました」

「詳しいことは後でまた聞かせてもらいます」

佐々木はこういい残して再び湘南台旭日高校にもどった。

岸本は居酒屋で偶然一緒になったと思っているようだが、藤沢は興信所を使って事前に岸本の身辺調査をしたのだろう。愛人関係を築き、岸本から聞き出すべきことをすべて調べ上げたに違いない。

藤沢明日美を湘南台旭日高校爆破事件の容疑者として逮捕状を請求するには、現段階では証拠が不十分過ぎる。神奈川警備保障会社のS駅前支社に元日に入って、防犯カメラシステムに手を加えたのは事実だろうが、岸本が招き入れている以上、不法侵入で逮捕することもできない。

藤沢が関与していることは間違いない。探れば覚せい剤の不法所持か使用で逮捕に持ちこめないこともない。しかし、そんなまだるっこしいことをしていては三人の人質の生命も守れないし、犯人逮捕にもつながらない。

神田林は近くにいる。藤沢は所在を知っているし、周辺情報を伝えているのも藤沢だろう。電話なら逆探知で追うこともできるが、インターネットなどという佐々木たちの世代には理解しがたいシステムを使い、連絡をとり合う。若い世代は国境などというものを簡単に乗り越えてしまった。

旧来の捜査方法では、その流れにはついていけない。それでも人間がすっかり変わってしまったとは佐々木には思えない。犯罪は理性を踏みはずした人間のしでかす突発的な事故のようなもので、どんなに緻密に計画された犯行にも必ずミスはある。そして事件の背景にあるのは、怨念であったり憤怒、そして貧困であったりすることがほとんどだ。

佐々木は藤沢にもう一度あたってみることにした。佐々木が来たことを知ると、悪びれることなく藤沢はドアを開けた。

「今朝はどのようなご用件ですか」

からかうような口調で藤沢は玄関口で佐々木を迎えた。

「神田林と鰐淵について聞きたいことがあってやってきました」

「どうぞ」

藤沢は驚く様子も見せなかった。捜査の手が伸びてくるのは予期していたのだろう。佐々木は招き入れられるがまま部屋に上がりこんだ。

「一日も早く解決するといいですね」

藤沢は不敵な笑みを浮かべながら言った。

「そのためにはあなたの協力が必要です」

「私の協力ですか……」

佐々木がマルボーロをとり出すのと、藤沢がキャメル・マイルドに火をつけるのがほとんど同時だった。以前のように部屋は煙が充満した。

「二十二年前に蘇州列車事故で、あなた方三人が救出された時に、何があったのでしょうか。こんな方法をとらなくても、他の方法がいくらでもあると思うが……」

「その言い方では私がまるで犯人の一人みたいではありませんか」

「犯人の一人と見られても仕方ないどころか、あなたはこの事件に深く関与していると言ったら言い過ぎですか。神奈川警備保障のS支社に入りこんで、防犯システムに細工しているではありませんか」

「それならなぜ逮捕なさらないのですか」

「いずれそうなると思います。神田林、鰐淵の二人ですが、殺人は犯していません。君たちはまだ若い。いくらでもやり直すチャンスはある。死者を出す前に、君から投降するように呼びかけてもらえまいか」

「私は完全に共犯者扱いですね」

「違いますか。君もご両親が健在なんでしょう。こんな犯罪に加担していることがわかれば、悲しまれると思うが……」

藤沢はタバコをねじり消すと言った。

「刑事さん、子供さんは？」

「二人います」

「きっといいお父さんなんでしょうね」

「それはどうかわかりません。子供に聞いてみないことには。ご両親はあなたが湘南台旭日高校からT女子大に進まれて、誇りに思われていることでしょう」

「その自慢の娘の職業を聞いて、腰を抜かしていました、あの二人は」

「職業？」

「私は一年くらい前まで、複数の会社役員の愛人、その前はホステスをしながら売春もしていました。それを両親に告げたら、二度と家に出入りするなと追い出されました。そんな親ですから、私が事件を起こそうが、何をしようがまったく関心がないと思いますよ」

藤沢はかん高い声で笑い出した。

「父が興味を抱くのは、社会的な体面だけ」

藤沢は家庭の話になると雄弁だった。

「蘇州列車事故の後遺症で、ＰＴＳＤ（心的外傷後ストレス障害）と診断されているのに、受験のことしか話さない親ですから。しかも酒乱なんです」

〈文学部なんていうのは落ちこぼれ連中が進むところだ。いいな、医学部へ進むんだ。俺はそれ以外認めんぞ〉

藤沢の父親は医学部へ進学するようにくどくどと説教を繰り返したようだ。真剣に父親の話に耳を傾けたこともあったらしいが、なぜ医学部なのか、その理由が藤沢には理解できなかった。

「結局、収入がいいということと社会的ステータスが高いという理由だけ。私の気持ちなんか考えてもいない。私の進学のために、平気であの事故さえ利用する人たちですよ、両親とも」

事故後、藤沢は湘南台旭日高校には登校したり、しなかったりする日々がつづいた。蘇州列車事故から半年が経過した頃だった。湘南台旭日高校を訴えようとしている六家族が藤沢家を訪問した。

「私は隣の部屋で聞き耳を立てていました」

六家族は高校の責任を追及すると泣きながら訴えていた。それに対して父親も母親も端から相手にする気はなかった。

〈事故後、娘はＰＴＳＤに苦しんでいます。皆さんに会わせるわけにいきません〉

父親は木で鼻をくくるような返事をした。

〈娘はこれから受験を控え、将来があります。どうかお引きとりください〉

その将来を事故によって奪われた親たちが、切実な気持ちで訪問してきていると相手を思いやる心が、明日美の両親には欠如していたのだろう。

〈二号車から助け出された時のことだけでいいんです。お嬢さんに直接話をうかがわせてもらうわけにはいかないでしょうか〉

〈お帰りください〉

〈それならお父様に聞いていただくだけでもかまいません。助け出された時、お嬢さんは水をかぶっていたでしょうか〉

〈しつこい人だな。帰ってください〉

「嗚咽しながら懇願する滋子のお母さんの声を、私は隣の部屋で聞いていました」

「確かにそれだけ聞いていると、非情なお父さんのようにも思えますが、それがどうして事故を利用した進学ということになるのでしょうか」

佐々木は藤沢明日美の表情をうかがいながら尋ねた。藤沢はせわしなくタバコに火をつけ、半分ほど吸っては憎々しげに灰皿にねじり消した。

「私の不登校はさらにひどくなりました。一日中、ベッドから起きられない日も珍しくありませんでした。それで高校からは手紙が届き、このままでは進級に差し支えると警告してきたんです。父親は激怒して磯部校長を自宅に呼びつけました」

藤沢の家には磯部の代理として羽根田が来た。その様子も藤沢は隣室で聞いていた。

〈修学旅行もきちんとできないで二十八人も生命を失い、ＰＴＳＤにかかって登校できないうちの娘をあなたたちは見捨てる気なのか〉

応接室からは一方的に羽根田を怒鳴る父親の声が響いてきた。父親が六家族の訪問を受け、中山幸恵が泣きながら訴えて帰ったことを告げた。

〈明日美が助け出された時、衣服が濡れていたかどうかだけでも教えくれと言っていた。どういう意味があるのか知らんが、引率した教師に不信を抱いているのは確かだ。うちの娘にしたようなことをすれば、子供を失った親が怒るのは当然だ。わかっているのか、君たちは〉

「その後はなぜなのか父親の怒鳴り声は聞こえなくなりました。羽根田先生の小さな声が聞こえてきましたが、内容はわかりませんでした。でも二人が話し合った内容は想像がつきます」

「あなたのお父さんと羽根田はどんな話をしたとお考えですか」

佐々木もマルボーロに火をつけた。

藤沢の話では、それ以後は進級についての手紙が届くこともなかった。授業を欠席しても出席扱いになっていた。どの教科にも「5」か「4」の評価がついていた。三学期になり一週間に二日か三日は登校できるようになった。この頃、藤沢は喫煙を覚えた。教師に見つかり咎められたこともあった。当然退学処分になると思ったが、しかし、口頭で一言注意を受けただけで、何の処分もなかった。

年が明けると、六家族は学校の責任を追及するために訴訟を起こした。

三年生になっても、父親は医学部進学にこだわりつづけていた。成績はまったくの虚構で、医学部どころか、どこの大学に入学しても授業についていけると思えなかった。

「不安で押しつぶされそうになり、気がつくと私は自傷行為を繰り返すようになっていました」

藤沢はタバコを灰皿に置き、左手の甲を佐々木に向けた。左手の親指と人差し指のつけ根に数個の大きなケロイド状の火傷の痕があった。

「どうしてできたかわかりますか」

佐々木は無言で頷いた。

受験校を決めるシーズンになると、明日美の意向などまったく無視して、父親は羽根田と相談し、勝手に受験校を決めた。湘南台旭日高校はT女子大学の推薦枠を明日美に与えた。秋には合格通知が届いた。

「私がT女子大に進んだのも、すべて父が勝手に決めたことで、私は進学なんてどうでもよかった。刑事さんのお子さんたちは、進学はどうされているんですか」

佐々木の家庭の様子を知りたいと思ったのか、藤沢が突然聞いてきた。

「長男は来年大学受験です」

「もう一人の方は？」

「長女は中学生の時に、自ら命を絶ちました」

藤沢の表情が一瞬にして厳しいものに変わった。

「どうして自殺されたのでしょうか」

「学校でいじめがあったようです。しかし、私は刑事をしながら真実を突き止めることができませんでした」

「でも、お父様が真実を突き止めようと努力されることは、お嬢さんにはわかっていたと思います。いいお父さんなんですね」

佐々木はいい父親だと言われたことなどなかった。藤沢の言葉は意外だった。

長女の沙代子は「ウザイ」とクラスメートから完全に孤立し、無視されていた。教師に好かれようとして、そうしていたわけではない。しかし、校則通りに学校で振舞おうとする沙代子は仲間にはそう映ったのだろう。

友人たちとディズニーランドに遊びに行っても、時間になると一人で帰宅しなければならなかった。そんな沙代子が鬱陶しく思えたのだろう。

「私、悪い子になってもいい」

泣きべそをかきながら、沙代子が訴えてきた。佐々木には意味が理解できなかった。仕事の疲れもあり、相手にしなかった。それからは自分の部屋にこもる時間が多くなった。すべてを知ったのは、中学校の屋上から飛び降り自殺してからだった。

いじめグループに走り書きを残していた。

「これでウザイ生徒がいなくなるね。もういじめはしないでね」

家族には「ゴメンナサイ。もう疲れちゃった」とだけ記されていた。

気づいてやれなかった。学校や教育委員会の調査結果と、沙代子の日記に記されていた事実とではあまりにもかけ離れていた。しかし、刑事だからといって捜査することもできなかった。最後は泣き寝入りするしかなかった。

「どんな親でも子供のことは心配するものです」

「それは違います。私の両親のように世間体しか気にしない親もいるのです。私が逮捕され、新聞に名前が掲載されれば、あの二人はまったく知らない女だと平然とコメントするでしょう。そんな人間です」

「大変な事故に遭われてせっかく生き残ったのに、こんな事件を引き起こすグループに関わっていたら、これからいい人生があるとは思えないのだが、後悔しないんですか」

「私のカンですよ。この事件は刑事さんが心配するような犠牲者が出ることはないと思います」

「磯辺、羽根田、野々村を人質にとる目的は何なんですか」

「それはあの三人に聞いてください。刑事さん、私の気持ちはもう十分にお伝えしました。どうぞこれくらいでお引きとりください」

藤沢は立ち上がり、玄関のドアを開け、佐々木に帰るように促した。


明日美はT女子大に進学したことを契機に、一人でマンション暮らしを始めた。自宅から通えない距離ではなかったが、自立したいとマンションを借りてもらった。マンションの賃貸料は父親の口座から引き落とされるのでいくらだか知らないが、ＪＲ中央線国立駅に近い二ＬＤＫのマンションで大学生活のスタートがきられた。

月に二十万円の生活費が明日美の口座に振り込まれていた。大学生活に馴染めるのか、最初から不安を抱えていた。

高校一年までは明るい性格で、人と会うのが苦手だと感じたことなどなかった。しかし、蘇州列車事故後は、何もかもが億劫になってしまった。医学部への道を両親が断念し、文学部進学の夢はかなった。しかし、何かが違っていた。受験勉強に耐えて合格を勝ち得たわけではない。言ってみれば、父親が学校側と勝手に交渉し、成立した「示談」で推薦入学の枠を得たにすぎない。

期待に胸をはずませてなどという状態ではなく、恐る恐る明日美はT女子大に通い出した。授業についていけないのではという不安はすぐに払拭できた。どの講義も理解できた。

しかし、五月の連休が明けても、友達と呼べる仲間は誰一人としていなかった。教室の隅に一人ポツンと座り、授業が終われば帰っていくだけの日々がつづいた。人を寄せつけない暗い雰囲気を明日美自身がかもし出していたのだろう。話しかけてくる学生もいなかった。

しばらくするとコンパが開催されることになった。大学近くにあるイタリアレストランに二十人ほどの学生が集まった。ワインが入ると、女性同士の気安さからか、男の話で盛り上がった。明日美には皆に話せるような恋愛は何一つ経験していなかった。

まだセックスを経験していないことがわかると、「ウッソー」と一様に驚嘆とも軽蔑ともとれる言葉を発した。

身の置き場もなく、適当に話を合わせ、飲みなれないワインを少しずつ口にしていた。二時間ほどすると、レストランを出て二次会のカラオケに向かうことになった。帰ろうとする者もなく、明日美も加わった。

酒が入っているせいか、明日美以外ははしゃぎまくって歌を歌っていた。カラオケ店を出たのは十二時近かった。慌ててそれぞれが最終電車に飛び乗り帰っていった。明日美を入れて四人が駅にとり残された。

「終電はなし。別のカラオケ店で朝まで歌おう」

一人が言い出すと、他の二人もそれに同調した。自宅から通ってきているのか、あるいは一人で暮らしているのかわからなかったが、一晩帰宅しないことくらい何でもないらしい。明日美が外泊しようものなら、父親に顔の形が変わるほど殴られていたに違いない。

「藤沢さんもご一緒にいかがですか」

誘われた。

「私、国立駅の近くに住んでいます。ここからタクシーで帰ってもすぐですから。もしよろしければ、何もありませんが私のマンションで朝まで眠られたらいかがですか」

　三人は明日美の言葉に、マンションへ直行することになった。近くのコンビニで、夜食と缶ビールを買いこみ、マンションにもどった。一部屋は寝室、もう片方の部屋は書斎に使っていた。来客用の布団は二組あったが、彼女たちはリビングでビールを飲み出した。

「藤沢さんって、どこかのお嬢さんなの。こんな広いマンションに住んでさ。高いんでしょ」

「父が借りてくれたの」

　結局、夜食を食べ、明るくなるまでビールを飲み、彼女たちが帰って行ったのは午後になってからだった。明日美が大学近くの広いマンションで一人暮らしをしているという評判はすぐに広まった。

　両親と離れて一人で暮らしたいと思いつづけてきた。実際に一人暮らしを始めると、一人になるのが怖くなった。特に夜が恐ろしかった。暗くなるのが嫌で、すべての部屋の灯りをつけていないと不安が増した。

　しかし、大学のクラスメートが来た晩、不安を感じないで夜を明かすことかできた。それからというもの授業が終わると、明日美はヒマそうにしているクラスメートを誘って居酒屋で食事をしたり、カラオケ店で遊んだりした。

「私が誘ったんだから、私が払うわ」

飲食費はすべて明日美が支払った。明日美の周囲には誰かがいたし、夜は必ず誰かが明日美のマンションに泊まった。しかし、夏休みが終わり、後期の授業が始まる頃には、さすがに明日美と朝までつき合う学生の数は減り始めた。

明日美は最後までつき合ってくれそうなクラスメートを都内の高級レストランに誘った。当然、親から振り込まれてくる生活費では不足した。

「後期の授業料だけど、私が振り込むから口座に入れておいて」

母親に電話で頼むと、翌日には口座に入金されていた。明日美はその授業料もクラスメートとの遊興費に充ててしまった。

納入期限が過ぎ、大学から呼び出しを受けた。

「授業料を納入するように。このまま放置しておくと除籍処分になりますよ。事情があるなら、それを書いて提出するように」

実家に督促状が送りつけられることを想像しただけで体が震えた。

「一ヶ月以内に納入します。親に余計な負担、心配をかけたくないので通知は出さないでください」

明日美はインターネットで高収入が得られるアルバイトを探した。風俗嬢とホテトル嬢募集の広告が目に止まった。それが何をする仕事なのか見当はついていたが、迷いはなかった。メールで働く意思があること伝えると、新宿アルタ前に呼び出された。

待っていたのは二十代後半の男だった。

近くのファミリーレストランで面接を受け、条件を聞いた。

「時間にもよるけどさ、一時間二万円、あなたのとり分は六割で、店が四割。空いている時間に、事務所のマンションに待機していてもらい、客からのオーダーがあれば、その客の待つホテルに行ってもらう。送迎は店の車でするから交通費はかからない。ギャラはその日のうちに支払います」

相手の説明が終わる前に、「やらせてください」と明日美は返事していた。

「そんなに困っているの。ホストクラブかなんかにはまったの？」

大学の授業料を払うためと答えると、「もう少しましなウソを言えっつーの」と相手は不機嫌な顔をした。

ウソなどではなかった。しかし、事務所と呼ぶ新宿歌舞伎町のマンションの一室に出入りするようになり、「ウソ」と思われても仕方ないと明日美も感じた。客はインターネット上のホームページを見て連絡をしてくる。

歌舞伎町界隈のラブホテルに出張に行くケースがほとんどだが、シティホテルに呼ばれることもある。オーダーが入るまで、ホテトル嬢は漫画を読んだり、テレビを見たりして過ごす。

ほとんどの女性がホストクラブへの支払いか、あるいはクレジットカードでブランド品を買いあさり支払いに困ってホテトル嬢をやっていた。中には覚せい剤などの薬物依存症の女性で、覚せい剤を買う金欲しさにやっている者もいた。

最初に事務所に顔を出した日は、どんな男が客なのかが会うまでわからず、待っている間に体が震えだした。それに気づいたリサという名前で登録していた女性が近寄ってきて小声で言った。

「あんた、この仕事初めてでしょう。風俗の経験はあるの？」

風俗どころか水商売の経験さえなかった。

「最初からウリやっちゃうんだ。すごいね、あんた」

何がすごいのか、明日美にはまったく理解できなかった。「ウリ」は売春を意味する隠語だった。

リサと話をしていると少しは気分が落ち着いた。指名でない限り、待機順にホテルへ派遣された。順番が近づくにつれて、恐怖感がつのった。リサが言った。

「クスリがあるけど、試しにやってみる？　元気出るよ」

リサは明日美をバスルームに誘った。袋から薬局で処方してもらった錠剤をとり出した。袋の中には錠剤の効能を記した説明書も入っていた。鬱病の向精神薬だった。

「これは医師から処方箋を出してもらった薬、警察にもつかまらないから安心して」

リサはその錠剤をすり鉢で細かく粉末状にしたものをオブラートの上に広げた。それをストローで鼻から吸った。

「あんたもやってごらん。少しは元気が出るから」

覚せい剤でないとわかり、明日美は同じように鼻から吸いこんだ。部屋にもどって数時間もすると、なぜ震えていたのかも忘れてしまうほど楽しい気分に浸っていた。

「大丈夫のようだったら、今度はシャブをあげるよ」

シャブが覚せい剤だということも知らなかった。最初の客とのセックス、明日美にとってはそれが生まれて初めてのセックスだったが、気がつくと金を手にして事務所にもどってきていた。

リサから向精神薬の処方箋を出してくれる病院を聞いた。

「元気になる薬をくださいだなんて言っても、医者はおいそれと薬は出してくれないからね。眠れないとか、幻聴が聞こえるとか、鬱病の症状を言うんだよ」

リサから紹介してもらった病院で鬱病の薬を処方してもらった。その薬を飲みながら、ホテトル嬢をつづけた。一ヶ月後には未納の授業料は納めることができた。

事務所でリサの他にユウという女性と仲良くなった。皮肉なことに授業料を納めた頃から、大学の友人がいなくても不安に感じることはなくなっていた。リサやユウと一緒にいる方が楽しかったし、二人とも昼間は泥のようになって眠りこけ、夜は一晩中、明日美につき合ってくれた。

「ウリをやっちゃうとさ、老ける速度が倍になるっていうじゃん。ホストクラブの支払いも済んだし、そろそろキャバクラにもどるよ」

リサは新宿にあるキャバクラでホステスとして働くといって、ホテトル嬢を止めた。ユウも同じキャバクラで働くという。

「明日美はどうする？」

二人と一緒に明日美もキャバクラで働くようになった。国立のマンションを引き払い、大久保にマンションを借りた。そのくらいの金は自分でどうにでもなった。大学などもうどうでもよかった。

大久保に引っ越しすることは親にも告げなかった。

キャバクラで働きだすと、友人も急に増えた。覚せい剤も当然のように覚えた。リサからもらったクスリとは大違いだった。

すべてを忘れたいと思った。両親との確執、蘇州列車事故で車内から救出されるまでのできごと、滋子との思い出、好きでもない男と金目当てのセックス、過去の自分、現在の自分。未来の自分像など描けなかった。将来を考えている自分が嫌になった。

「自分をまるごと忘れたい」

覚せい剤は明日美の願いをかなえてくれる薬だった。出勤前に自宅のトイレで覚せい剤注射を打った。出勤前は背筋が寒くなるほど嫌悪していた客への性的サービスが、シャブをキメた瞬間に苦にならなくなった。

「エッ、もう明日になっていたの」

　シャブを教えてくれたリサがこんな意味不明の言葉を口にしたことがあった。明日美も覚せい剤を覚えてから、リサの言葉を実感するようになった。

　しかし、覚せい剤の効き目が薄れてくると、体の中に鉛を流しこまれたような倦怠感に襲われる。それまでは麗らかな春の道を楽しく歩いていたのに、気がつくと目の前に切り立った断崖が迫っている。そんな精神状態に追いこまれた。引きこまれるような不安に襲われ、再び覚せい剤を打つ。いつの頃からか、明日美はそんな日々を送るようになっていた。

# 第十二章　地下室

生徒は解放された。袖口も早々と南門から出てきた。湘南台署としては、磯部、羽根田、野々村を無事に救出し、犯人を説得し、投降させることに焦点が絞られた。

鰐淵の自宅は東側部分が吹き飛ばされ、半壊状態だった。現場検証をした鑑識課の大場が、機動隊の常駐警備車両に詰める高倉のところにやってきた。

「瓦礫の下から出てくる可能性もありますが、冷蔵庫とか洗濯機、エアコン、テレビなど大型家電製品が一切見あたりません」

「どういうことですか」高倉も不思議に思って聞き返した。

「あの家で人が暮らしていたとは思えないのですが……」

大場が現場検証の印象を語った。

「佐々木さんはどう思われますか」

高倉は藤沢明日美のマンションからもどったばかりの佐々木に聞いた。

佐々木は高倉の問いには答えず、「電力会社と東京ガスのメーターをすぐに調べさせます」と言った。

東京電力と東京ガスの使用量はすぐにわかった。

「ガス料金は二千円から三千円程度ですが、電気料金は毎月三万円から五万円くらい使用しています」

エアコン、テレビ、冷蔵庫などの電気製品がなくて、それだけの使用料金は不自然だ。

「瓦礫を除けて、もう一度調べてみてください」高倉が命令した。

ユンボと瓦礫を運び出す大型トラックが導入され、撤去作業が開始された。佐々木は爆破された家を改めて見て、爆破の専門家の仕事だと思った。破片が周囲には散乱しているが、近くの民家に被害を及ぼすほどではない。家の東側の柱だけが、つまり高校の体育館に向いた東側だけが押し潰され、家はひしげた姿で破壊されていた。

ユンボのハサミが屋根を挟みこみ、持ち上げると瓦が音を立てて落ちた。大きな瓦礫がダンプカーに積みこまれていく。大方の瓦礫を片づけ終わると、次はパワーショベルが運びこまれた。

板きれや壁などの崩れ落ちた残骸をパワーショベルがすくい上げ、ダンプカーに積みこんだ。埃が舞った。畳や壁紙が貼られた合板が荷台に載せられた。

「確かに電化製品らしきものは出てきませんね」

小向が佐々木に話しかけた。

佐々木はそれよりも三号館の動きが気になった。

「メモリアル室に移動したきり、その後は何の動きもありません」

小向が言った。一緒に組むようになり、佐々木の苛立つ気持ちが伝わっているのだろう。

パワーショベルが瓦礫をかき出すようにしてトラックに積んでいく。家の土台がようやく見えてきた時、操作する隊員が、パワーショベルの動きを止めた。

「鉄板のようなものがあります」

犯人は多数のダイナマイトを所持し、すでに校舎、門、そして住宅を一軒爆破している。操作が慎重になるのも当然だ。しかし佐々木はパワーショベルの先端に走り寄った。鉄板らしきものが地面を覆っている。佐々木は埃を手で払った。

鉄板は縦二メートル横一メートルほどの大きさだった。厚みはそれほどない。

「手伝ってくれ」

佐々木が小向を呼んだ。二人なら動かせそうに見えた。しかし、鉄板はピクリとも動かなかった。

二人は鉄板の四方を手で掘り返した。鉄板の下からコンクリートの枠が現れた。

「爆発物処理隊を呼べ」

佐々木が近くにいた機動隊に指示した。

パワーショベルで鉄板を引き剥がすのはたやすい。しかし、剥がした瞬間ダイナマイトを爆発させるくらいのことはしかねない連中だ。

　朝田自らが現場に来た。

「この不自然なコンクリートの流しこみは家の土台ではありませんね。この鉄板の下に何があるのか、仕掛けられているのか。それを調査してからでないと鉄板を動かすのは危険です」

　朝田は鉄板にドリルで穴を開け、そこからグラスファイバースコープで中の様子を見てから、除去に当たると言った。

　佐々木や小向、瓦礫を撤去していた機動隊隊員は、現場を離れるように指示が出された。

　これ以上解決を延ばすことはできない。佐々木は苛立つ気持ちを抑えながら、磯部に電話を入れた。

「神田林から連絡があれば、大至急、こちらに連絡してください」

「今のところ何の連絡もありません。メモリアル室だけでなく、三号館は屋上プールにひびが入り水浸しです。いつ崩落するかわからないほど建物に亀裂が入っています。早く彼らを逮捕してください」

　爆発物処理隊の三人が鉄板の前に立った。ドリルを手にしている。穴を開けるのにそれほど時間はかからないだろう。

っている。

「穴を開けます」

一分もかからなかった。グラスファイバースコープが穴に挿入された。胃や腸の内視鏡検査のカメラと同じで、先端にカメラとライトがとりつけられている。それを手元で操作しながら内部の状態を探るのだ。また内部をカメラで撮影できるようにもなっている。

爆発物処理隊は内部写真を撮影してもどってきた。足場用鉄パイプとクランプを組み合わせて、外からは開かないように固定されていた。鉄板の内部周辺にダイナマイトや起爆装置はなかったが、縄梯子がかかり、地下室らしきものの存在が確認された。

グラスファイバースコープは地下二メートルの深さまでの様子しか撮影できない。

「開けてみよう」高倉が言った。

地下室があり、地下道が湘南台旭日高校に延びていれば、犯人たちはすでに校舎内にひそんでいることになる。いやひそんでいるからこそ、校内から携帯電話が発信されているのだ。

一号館から早々と一年生を解放したことを思えば、一号館にひそんでいる可能性がある。あるいは二号館が無人になれば、そちらに移動しているかもしれない。一号館、二号館に新たにダイナマイトが仕掛けられた可能性も出てくる。

アセチレンガスで三十センチ四方を焼き切り、鉄板に穴を開けた。クランプを外すのにも時間はかからなかった。鉄板はいとも簡単にとり除くことができた。一メートル四方の穴が地下に向かって延びていた。太陽の光が差しこみ、底の様子が見えた。底からは東に向かう横穴が確認された。

　地下道に爆薬を仕掛けられていれば、必ず死傷者が出る。

　センサーの有無をグラスファイバースコープで底まで確認しながら、爆発物処理隊が底まで降りた。異状は認められなかった。

「体育館に向かってトンネルが延びています」

　隊員が連絡してきた。

「ファイバースコープで引きつづきトンネルの内部を調べる」

　しかし、ファイバースコープで確認できる距離にも限界がある。さすがの高倉も苦り切った顔を見せた。


「明日美からメールが入った」

　鰐淵がモバイルパソコンを開いて見せてくれた。

〈ユンボとパワーショベルを積載した大型車両が鰐淵の家の方に向かった〉

　決着をつける時が迫っているのを感じる。神田林の症状は行きつくところまできていた。衰弱はひどく一人で歩くのがやっとという状態だ。半年間かけて地球を一周した。その間にがんは進行し、おそらく体中のいたるところに転移しているだろう。ケイマン諸島で現金化した金の一部を持って、同じカリブ海に浮かぶドミニカ共和国のサントドミンゴに降り立った。

この小さな島国にも戦後の日本は移民を送り出していた。日本人が貧しい生活に喘ぎ、十分な現地調査をしないまま移民を送り出したとして日本政府を相手に裁判を起こし、数年前に和解が成立していた。

サントドミンゴの日本人会にパソコンを寄贈したいと告げると、すぐに受けとってくれた。新品を寄贈したが、遠隔操作が可能なようにソフトをインストールしておいた。

サントドミンゴからマイアミにもどり、ブラジルのベレンに向かった。アマゾン河口の街で、この周辺にも戦前、戦後を通じて多くの日本人が移住した。ベレンからサンパウロ、パラグアイの首都アスンシオン、アルゼンチンのブエノスアイレスを訪ね、現地の日系人会にパソコンを寄贈してきた。十団体に寄贈したすべてのパソコンに遠隔操作が可能なようにしてある。

日本にもどれば、入国審査の段階で逮捕されるのははっきりしている。神田林は帰国方法も横領計画を実行に移した段階ですでに考えていた。

ブエノスアイレスからスペインのマドリードに入り、そこからはヨーロッパを転々としながらモスクワに向かう。最終目的地はウラジオストクだ。神田林はロシア船籍のカニ漁の漁船に乗りこむ計画を立てた。

旧ソ連時代、日本の漁船は防衛に関する新聞記事や海上保安庁の巡視船の写真、家電製品などを、旧ソ連側に提供すれば「ソ連領海」内での安全操業が黙認された。いわゆるレポ船である。当時はこのレポ船が日本のカニの漁獲を担っていた。

ロシア人はカニを食べる習慣はなく、旧ソ連にはカニ漁船はほとんどなかった。しかし、ソ連崩壊後は、日本でカニが高く売れるため、無許可で操業する密漁船が現れた。

ロシアの漁船が毛ガニやタラバガニを捕獲して、それを日本に輸出するためにはポートクリアランス（ＰＣ＝積み出し証明書）が必要になる。そのＰＣを偽造して北海道の港にカニを卸すロシアの漁船が相次ぎ、日本側でも問題になった。

さらにロシア船は根室港や小樽港に接岸し、カニを卸すとロシア人は中古の車やテレビ、パソコンなどを購入した。根室市の商店主にしてみると、ＰＣが偽造だからといって、ロシア船の入港を規制したり、ロシア人の上陸許可に制限を加えたりすれば、生活そのものを脅かされることになる。しかし、偽造ＰＣを放置することもできずカニの水揚げやロシア人の上陸を日本側は制限した。

それに対抗して密漁船をとり仕切るロシアのマフィアは、洋上で日本船にカニを売り渡すようになった。一方、ソ連崩壊で消えたとされる日本のレポ船の一部は、密漁カニのブローカーに姿を変え、漁協を通さずにヤミ市場にカニを流した。その利益の一部は暴力団の資金源になっているとも言われている。

神田林はロシアンマフィアと日本の密漁ブローカーを使って、洋上でロシア船から日本の漁船に乗り移り、北海道から密かに帰国する方法を考えた。

ロシアのマフィアもすべては金が支配する世界だ。現金を持っていることがわかれば殺されかねない。神田林は密漁船のセルゲイという名の船長に渡りをつけると、セルゲイがよく顔を見せるというバーで会った。日本へ帰国したいと神田林は告げた。

セルゲイは白髪の顎鬚を蓄えた大男で、笑い飛ばすように言った。

「帰りたければ、雪の降りしきる海などではなく、空から何便でも飛んでいるぞ。ヤーポンスキー（日本人）」

日本の闇ブローカーと商売をしているような男だ。ヤクザの世界も熟知しているはずだ。入管を通して帰国できないことを十分に知ってのことだ。

「冬の海の旅も楽しいだろうと思って頼んでいるのさ」

「俺の船には一等船室なんてないぞ」

「ロシアの沿岸警備隊の目を掠め、日本のブローカーにカニを売り渡してどれくらいの報酬があんたの懐に転がりこむんだ？」

「それを聞いてどうする気だ」

「場合によってはそれと同額を用意する」

「では五万ドルを用意してくれるか」セルゲイはふっかけたつもりなのだろう。「しかし、俺が運べるのはサハリンの近くまでだ。そこからは泳いでもらうか、日本の船にカニと一緒に乗り移ってもらうんだな」

「わかった」と答えて神田林は条件を提示した。

ウラジオストク出港前に五万ドル、洋上で日本船に乗り移る時に、日本人船長から五万ドルをキャッシュでセルゲイに手渡す。日本人船長には日本の港を出港する時に、仲間が十万ドル相当の日本円を指定の口座に振り込む。セルゲイに渡した残りの五万ドルは日本人船長のとり分で、日本の港にもどった時に、残り五万ドルを仲間が振り込む。

セルゲイと日本人船長にそれぞれ一千万円の報酬を払うことになる。この方法なら、現金だけを奪って北の海に投棄される危険性も少ない。

「ヤーポンスキー、お前、本気なのか」

セルゲイの表情が変わった。

「もちろん本気さ」

神田林はポケットからジョージタウンで現金化した一万ドルの札束をテーブルの上

に置いた。

「手付金だよ」

セルゲイの手が札束に伸びてきた。神田林は札束を自分の方に引きもどした。

「俺は名前を名乗らない。あんたが変な気を起こさないで、俺を運べば約束の報酬を間違いなく渡す。しかし、バックには大きな組織が控えていると思ってくれ。裏切ればそれなりの報復はある。そのことは忘れるなよ」

神田林はセルゲイを睨みつけながら言った。

「あんたにはたいしたことのない金かもしれんが、十万ドルというのは俺たちには途方もない金さ。裏切るわけがない」

神田林は札束をセルゲイに渡した。

「日本側の船長の交渉はあんたに任せる。相手の名前と振込先口座、電話番号を聞いてくれ。日本の船が出る前に十万ドルが振り込まれてなかったら、海の中に放り出してもらってもかまわん」

三日後、同じバーに今度はセルゲイから呼び出された。

「ペトロフスク・カムチャツキーの港から五日後に出航する。相手も了解した」

セルゲイから相手の名前、電話番号、銀行口座を記したメモを受けとった。

神田林はすぐに鰐淵に連絡し、指定の口座に一千万円を振り込ませた。鰐淵からさらに日本側の船長のところに電話を入れさせた。

〈いろいろ事情があって、日本にもどる男の名前は言えんが、組を引き継ぐことになっている。北海道に着いて二代目日本人から電話が入った時点で、あんたにはもう五百万円上乗せして一千万払うからよろしく頼む。これが親分からあんたへの伝言だ〉

神田林は鰐淵にこう電話するように指示を出した。

セルゲイに会ってから十日後、神田林は師走を迎えた根室港に降り立っていた。根室港には念のために鰐淵に迎えにはきてもらったが、その日のうちに根室中標津空港から東京にもどった。羽田空港で明日美と合流し、深夜に鰐淵の家に入った。

体力を回復するまで、パークハイツレジデンスで休むように明日美が言ってくれたが、指名手配中で、神田林の写真も公開されている。他人の目につきたくなかった。出入りするところを目撃され、警察に通報でもされたら、これまでの苦労が水の泡だ。鰐淵の家は戸で閉め切られ、昼間でも暗く休むのにはそちらの方がむしろ都合がよかった。

神田林が外出したのは大晦日で、神奈川警備保障会社S駅前支社に侵入、防犯システムに細工した夜だけだった。

三月からは地下道を通り、プレハブ小屋の真下に造った地下室で過ごしてきた。

午前二時三十分に三号館で二度目の爆破を行った。鰐淵の思惑通りにメモリアル室に次ぐ爆破で、屋上プールにひびが入り、蓄えられていた水が建物全体に流出した。二号館から体育館に二年生が移動し、警察の注意が生徒に向けられている最中に、地下室からプレハブ小屋の床下に出て、そこから体育館の北側を鰐淵に抱きかかえられながら移動し、三号館の三階の部屋に身をひそめていた。

天井から梅雨時の雨のように水が滴り落ちてくる。ゴム合羽を着て濡れるのを防いだ。当初の計画では磯部、羽根田、野々村がメモリアル室に移動したのを確認してから、神田林らも三号館に移る予定だった。

しかし、予期していなかった人間からメールを受けとり、彼らが三号館に入る前に、二人は地下室から三号館に移ったのだ。

「豪、お前一人でメモリアル室に上がれるか」

「そのくらいの体力は俺にだってまだある。心配するな」

そう答えたものの、いつ意識を失い、そのまま死んでもおかしくない状態だった。生きているのが不思議なくらいで、余命もあと数時間くらいだろう。真実を白日の下にさらすという目的だけが、薄れていく意識を覚醒させた。

「俺は地下室にもどり、警察の動きを止める。多分、これでお別れになるだろう……」

鰐淵が握手の手を差し出した。神田林にも握手の意味は理解できた。鰐淵も死ぬ気なのだ。

「ありがとう。感謝しているよ、お前には」神田林が礼を言った。

「何を言っているんだ。俺こそ感謝している。最後の仕上げを頼んだぞ」

こう言い残して鰐淵は三階から駆け降りていった。

明日美にメールを送信した。

〈鰐淵が地下室にもどった〉


鰐淵の携帯電話に明日美からメールの着信があった。

〈今までありがとう。私もすぐに行くから〉

鰐淵は地下室で返信した。

〈お前はノンビリ、最後まで見届けてくればいいさ〉

こう記して返信した。

すぐに再返信があった。

〈冷たいこと言うな（笑）〉

鰐淵はもう返信はしなかった。

真っ暗な地下室にいると、心が落ち着いた。蘇州列車事故に遭遇してからは狭い空間や暗闇を恐ろしく感じた。しかし、この計画を進めるようになった頃から、電気を消して一軒家に一人ひそんでいても、狭い地下室に閉じこもっていても心は穏やかだった。

蘇州からもどると、チームメートとのつき合いにさえも支障をきたすようになっていた。周囲は列車事故の後遺症だと思って最初のうちは好意的に接してくれたが、割れたガラスを投げつけるような鰐淵の対応に次第に敬遠された。

内心では一人になるのが怖くて、仲間に接近して激しい諍いを起こす。その連続だった。

人間の運命など何が左右するのかまったくかわからない。隣り合わせに座っていても、谷中は死に、鰐淵は生きている。二号車の前方に座ったか、あるいは後方なのか。右側の座席か左側なのか。生死はたったそれだけのことで分かれた。

一人の死がそれまでの人間関係を大きく変えた。レギュラーの座を奪われても、寄居は先輩風を吹かすこともなく、鰐淵にベンチから声援を送ってくれていた。しかし、事故後は一変した。

春奈と席を替わった経緯が生存者から寄居の遺族に伝わったのだ。

「お前、よく生きていられるな」

寄居は面と向かって鰐淵に言った。

「ホントはお前が死んでいたんだ。春奈が自分の席に座っていれば、確実に生きていたんだ。お前が殺したんだよ」

寄居の叱責は容赦なかった。最後には「お前が生きていることが許せない。死んでくれ」と言い放った。

鰐淵は自分が生きていることで、谷中の両親や寄居を悲しませ苦しませ、そして怨まれているのだろうと思った。しかし、それが誤りだと気づいたのは、何度も自殺未遂を繰り返した後だった。生き残ったことで怨まれるのであれば、他の生存者も苦しんでいるはずなのに、他の仲間は事故を乗り越え、大学に進学し、普通の暮らしを手に入れていた。

なぜ自分だけがこれほど忌み嫌われるのか。生きているからではなく、生き方を誤ったからだと気づいた時にはすべてが遅すぎた。

しかし、それにも終止符が打たれる。数十分後には跡形もなく吹き飛ぶ命なのに、鰐淵の心は穏やかだった。一人になると、思い出すのは蘇州列車事故で二号車に閉じこめられた時のことだった。

谷中敬とサッカーの話をしていた。列車の中でも、ゴール前のパス戦略を相談していた。車窓には小雨に煙る寒々しい田園風景が流れていた。急ブレーキがかかり、体が前のめりになった瞬間轟音が響き、その後自分がどうなったのか記憶はない。どれくらいの時間、意識を失っていたのかもわからない。

「康介、大丈夫か。返事をしろ」

遠くから鍔淵を呼ぶ声がした。瞼を上げるのも億劫なくらいに眠くて仕方なかった。

〈後にしてくれよ、眠らせてくれ〉

鍔淵は呼ぶ声を無視して眠ろうとした。呼ぶ声は執拗に鍔淵の名前を呼びつづけた。それでも意識は覚醒しなかった。金縛りにでもあっているように体がピクリとも動かない。試合で激しく動きまわった夜によく同じ状態になった。

「ケガをしたのか。返事してくれ」

谷中の絶叫する声で、意識が微かに覚醒した。同時に体の圧迫感を覚えた。息苦しい。手も足も動かない。夢だろうと思うと再び引きずりこまれるような睡魔に襲われた。

「康介」

ひと際大きな声だった。谷中の声にぼんやりした意識が次第に覚醒した。

「ああ」鍔淵は煩わしそうに声を出した。

「生きているんだな」

谷中の言っていることが唐突に思えた。

「何言ってるんだよ」鰐淵が聞き返した。

「大事故が起きたみたいだ」

「大事故って……」

鰐淵には列車が急ブレーキをかけた瞬間までの記憶はあるが、それから何が起きたのか、まったく覚えていない。

「しっかりしろ」谷中が怒鳴った。

事態が飲みこめてくると、圧迫感がさらにひどくなり、手を動かそうとしただけで激痛が体を走り抜けた。

「袖口先生、鰐淵も生きています」谷中が叫んだ。

横になったままの格好で、身動き一つすることができなかった。目の前には棚に乗せておいたデイパックがあった。

「どこにいるんだ、谷中」

「お前の近くにいるらしいが、残骸だけしか見えない」

「鰐淵、救助隊が来るまで頑張れよ」袖口の声も聞こえた。

意識が完全に覚醒すると、寒さが襲ってきた。

「康介、絶対インターハイ出場しようぜ」

谷中はそれほど傷ついていないのか、鰐淵にしきりに話しかけてきた。谷中と話をしている間は、痛みが少しはやわらいだ。

「インターハイに出場して、俺と康介で湘南台旭日の名前を全国に知らしめようぜ」

「ああ、そうだな」鰐淵の答えは短く頷くだけだ。

「それにはミッドフィルダーともう少しスピーディな連携プレーが必要になる。今度入学する中にいい選手がいるといいな」

谷中はずっと鰐淵に話しかけ、サッカーへの思いを語りつづけた。さすがの谷中も話し疲れたのだろう。会話が止まった。

「高校を卒業したら、谷中はどうするんだ」

「俺はオヤジと同じM大学に進学するつもりだ。サッカー部もまあまあいいチームだし、将来は建築設計技師になるつもりだ」

「康介はどうする気だ」

「俺はまだ何も決めていない」

とりとめのない話をつづけた。そうしていないと激痛に耐えられそうにもなかった。日が暮れると寒さはさらに厳しくなっていった。

暗い地下室にじっと身を屈めていると、地下通路の向こうから物音が聞こえてきた。やはり鉄板で塞いだ地下への入口が発見されたのだ。三号館にいる三人の人質を救うためには、北側の斜面から侵入するのが最も手っとり早い方法だが、警察のその試みは失敗している。

南門、あるいは正門を強引に突破し、三号館に近づこうとすれば、ダイナマイトを爆発させられると彼らは思うだろう。残された安全な方法は、神田林と鰐淵が校内に忍びこんだ道を通るしかないのだ。しかし、あと一時間くらいは警察が校内に入るのを阻止しなければならない。

家の真下に掘った縦穴を照らす灯りが見えた。爆発物が仕掛けられていないか調べているのだろう。しばらくすると人が降りてくる気配がした。縦穴も横穴のトンネルも人一人が通るくらいの広さしかない。

縦穴の底に着いた警察官が報告している声が聞こえた。

「横穴が東に向かって延びています」

警察官はサーチライトでトンネルを照らした。

「パイプと板でトンネルは構築されています」

鰐淵は地下室の灯りのスイッチを入れた。家の爆破で電源が切れることを想定し、地下室の電源はプレハブ小屋からも引いていた。突然、トンネルの奥が明るくなり、機動隊員が焦った声で報告した。

「奥の方で灯りが点灯しました。人がいるようです」

鰐淵は慌てる機動隊に大声で言った。

「お巡りさん、入ってきていいのはそこまでだ。トンネルをくぐれば、またドッカーンだよ。間違いなく今度は即死だよ」

「犯人が奥にいます。トンネルを爆破すると言っています」

機動隊はイヤホーンで連絡をとり合っているのだろう。

「もう君らは逃げられない。学校の周囲は警察官で囲まれている」

「そんなことわかっているよ。それに逃げる気なんてないって上司に言いな」

機動隊はボソボソと話をしていたかと思うと、縦穴を上がっていってしまった。

十分もすると、若そうな男の声がした。

「あんたは神田林か鰐淵か、どっちなんだ」

「俺は鰐淵康介だよ。あんたの名前は？」

「俺は湘南台署の小向」

声の調子や口調から、同じ世代のような印象を受けた。

「そこまではいいけど、トンネルに入らないでくれよ。勝手に校内に入ろうとして、北側斜面のダイナマイトが爆発したのを覚えているだろう」

「ああ、二針縫う羽目になった」

鰐淵は笑いがこみ上げてきて、思わず声を出して笑った。

「それはどうも」

「八ッ場ダムの建設現場では、ネクラの引きこもりだったようだけど、ずいぶん元気そうじゃないか」

「ホントは元気なのさ」

「そりゃ良かった。ところでこんなことはもう終りにしてくれないか。言いたいことがあるんだったら、周囲は警察だけではなくあんたらが好きそうなマスコミも掃いて捨てるほど集まっている。それだけ元気なら記者会見だって開けるだろう」

「あいにく俺は人前に出て何か話せるほど雄弁ではなくてね」

「蘇州でいったい何があったんだ？」

「そりゃ俺ではなくて、羽根田校長や野々村教頭に聞くんだな」

「いや、あんたらも事実は知っているくせに隠していると原告の親たちは思っているぞ」

「そうか……」

鰐淵は不機嫌な声で返した。

「今なら数人の警察官がケガをした程度だ。まだ引き返せる。言いたいことがあるのなら、裁判で公にできるだろう」

犯行を止まらせようとする小向の思いが伝わってくる。

「谷中敬のご両親はおまえが学校側と取引をしたと言っていた」

「取引ってなんだ」

「お前がM大学に推薦で入れたのは、学校側の特別の配慮があったからだと思っているぞ」

「何をどう思われても仕方ないさ。俺たちはあの時、とり返しのつかない過ちを犯してしまったのだから」

「今からだって遅くない。蘇州で何があったかを明らかにしてしまえばいいだろう」

「それを今やっているんだよ、俺たちは」

「こんな穴の中でいつまでも埒の明かない話をしていても先に進まないだろう。そちらに行って顔を見ながら話をしたいのだが」

「断る。話はこのままでもできるさ」

二号車の中から助けられたその瞬間から、鰐淵は死んだのも同然の時間を過ごしてきた。それは神田林にしても藤沢にしても同じだろう。不思議なことに死を覚悟した時から生きている充実感を体験している。この気持ちは小向などには理解できないだろう。

蘇州列車事故の現場は闇と寒さに包まれていた。袖口の声も、谷中の声も時折聞こえてくる程度だった。その声も次第に掠れるような弱々しいものに変わっていった。寒さが体力を奪っていった。

中国人の怒鳴り声が聞こえてきた。喧嘩をしているようにも聞こえる。救助を急げと中国のレスキュー隊が声を荒げているのかもしれない。

「助かるかもしれない」と鍔淵は思った。

「中国人が助けにきてくれたみたいだ。頑張ろうぜ、敬」

鍔淵は谷中に声をかけた。返事がない。

「敬」大声を張り上げた。それでも返事はなかった。

大型車両のアクセルを踏みこんだ時の重く低い排気音が聞こえた。同時に圧死するのではと思うほどの圧力が体全体にかかり一瞬呼吸ができなくなった。

さらに重低音が響いた。体が浮き、九十度回転したような感覚を覚えた。鍔淵の体の周囲にあった瓦礫が音を立てて落下した。中国人の声がすぐ近くで聞こえた。

「助けてくれ、ここにいる」

その声が近くにいたレスキュー隊に聞こえたのだろう。彼が大声で何かを叫ぶと、排気音が止まった。

レスキュー隊が何人も集まってきて、鍔淵の救出を開始した。瓦礫を手で一つ一つとり除いている。頭と肩が出ると、レスキュー隊は鍔淵の頬を張った。

「痛い」力なく言うと、レスキュー隊が何かを叫んだ。生きていると叫んだのか、ガンバレと言ったのか、鰐淵には理解できないが、その瞬間、救出されたと思った。瓦礫の中から強引に引き抜かれるようにして、鰐淵は助け出された。

「まだ中に人がいる。助けてやってくれ」

担架が運ばれてきて、その上に寝かされた。レスキュー隊は鰐淵を搬送しようとした。鰐淵は担架から身を起こし、飛び降りると救出された瓦礫のところに走り寄り、レスキュー隊に向かって叫んだ。

「まだ生存者がいるんだ。助けてやってくれ。敬、先生、大丈夫か。今、助けるぞ」

どこにそんな力が残されていたのか、自分でも不思議だった。

「敬、どこだ。声を出せ」

排気音はクレーン車だった。電動カッターで切断した列車の一部をクレーンで移動させようとしていたのだ。

「康介、逃げろ。お前だけでも助かれ」

谷中の声が聞こえた。レスキュー隊が慌てて鰐淵を連れもどしに来た。

「まだ人がいるんだ。助けてくれ」

鰐淵は泣き叫んだ。

クレーンの排気音が唸りを立てた。その度に瓦礫が激しく崩れ落ちた。谷中にいくら呼びかけても返事はなかった。
鰐淵は担架に載せられ、現場から連れ去られた。

# 第十三章　自爆

機動隊の常駐警備車両がもはや捜査本部だった。高倉もそこに詰めっきりになった。爆発物処理隊の朝田が、地下トンネルの奥に犯人がひそんでいると報告してきた。

高倉は佐々木に投降を呼びかける役目を振った。この役目を果たせる刑事は佐々木しかいないと高倉は判断した。しかし、佐々木は神田林らの陽動作戦のような気がした。

「犯人たちはいつもこうやって我々の目を一ヶ所に集中させ、校内の出入りを自由にしてきました。体育館の北側から侵入する方法は、赤外線センサーをとりつけられていて、今も北側から校内に入っていくルートは危険です。神田林は一号館、あるいは三号館にひそんでいる可能性があります。正門や南門から強行突破すれば、藤沢だけではなく、神田林にも気づかれます。しかし、藤沢の身柄を拘束すれば、北側斜面から三号館に銃器対策部隊とSATを校内に送ることも可能です」

佐々木の意見は、神田林を射殺し、人質を解放する作戦だった。高倉がこれを了承すれば、佐々木は藤沢明日美の説得を再度試み、無理であれば参考人として身柄を強引に拘束し、神田林の目をふさぐつもりだ。

「わかりました。藤沢明日美は佐々木さんにお願いします。それで地下室の説得ですが……」

佐々木が高倉の言葉をさえぎった。

「地下室の犯人は説得には応じないと思います。それよりも藤沢の身柄を拘束するまで地下室に釘づけにしてほしい。その役目を小向にやらせていただけませんか」

神田林や鰐淵の年齢を考えると、小向が最も彼らの年齢に近い。爆発物処理隊の朝田は年齢が離れすぎている。犯人の拒絶感も最初から大きいに違いない。もし地下室にひそんでいるのが鰐淵であれば、ダイナマイトはまだ多くが保管されているはずだ。

犯人が地下室に現れたのは、地下室から校内に入られては自分たちの計画が失敗すると判断してのことだろう。突破を強引にさえしなければ膠着状態がつづく。その間に三号館を制圧する作戦しか、人質の無事救出は考えられない。

「小向君で大丈夫でしょうか」高倉も不安はあるのだろう。

「彼は任務を果たしてくれると確信しています」佐々木が答えた。

高倉は小向を呼び、地下室にひそむ犯人の説得を命令した。

佐々木は藤沢のマンションに急行した。エントランスで藤沢の部屋につなぐと、何も言わずにドアが開いた。十二階の部屋の前で呼び鈴を押したが、返事がなかった。

念のためにもう一度押してみたが、応答がない。

ドアを引いてみると、鍵はかかっていなかった。部屋から風が外に一気に流れ出た。

「刑事さんでしょう、どうぞ」奥の方から藤沢の声がした。

佐々木は部屋に入った。奥の応接室に入ったが、藤沢の姿が見えない。

「こちらです」

ベランダから声がした。

「何をしているんだ、君は」

佐々木は思わず叫んだ。

藤沢はベランダの手すりに腰を下ろし、両足を外に投げ出している。近づこうとすると、藤沢が金切り声をあげた。

「来ないで。近寄れば私は飛び降りますよ」

「わかった」

佐々木と藤沢はベランダの両端で対峙するような格好になった。眼下の駐車場からも十二階のベランダの様子が見える。住民や警備にあたっている機動隊がいち早くベランダの異常に気づき、騒ぎ始めた。

最上階のベランダは広く、二世帯分の長さがある。駆け寄っても藤沢の飛び降りを制止できる距離ではない。

「そこから降りなさい」

佐々木は違法駐車の車を移動させる警察官のような口調で言った。藤沢はそれには何も答えず、ポケットからキャメル・マイルドをとり出し火をつけると、高校を見下ろしながら紫煙を空に向かって吐き出した。

佐々木もマルボーロをとり出し、火をつけた。残りは三本しかない。こんな時に限って、タバコを切らしてしまう。吸い終わるまで二人とも無言になった。

「もうわかっていると思うが、鰐淵にも投降するように地下室で説得している。君もこのあたりで手を打ってはどうかね」

佐々木はタバコをベランダの床にねじり消した。

藤沢は火も消さずにタバコをベランダから放り投げた。

「お断りします」

風に流れていくタバコを視線で追いながら言った。

「蘇州で何があったのか。事実を明らかにする方法は他にもあるでしょう」

「そうかしら？　最高裁まで争ったのに、磯部、羽根田、野々村は事実を語らなかったでしょう」

「事故を予見することは不可能で、湘南台旭日高校に事故の責任はないという判決でしたが下見の不十分さは裁判でも指摘されていました。今、あなたは人質になっている三人の教師が事実を語らなかったと言いましたが、原告の親たちはあなたたちに事実を語ってほしいと頼んだが、証言を拒否されたと言っています」

「なんで今さらこんな方法でとおっしゃりたいのですね」

藤沢は佐々木に鋭い視線を投げつけてきた。

「神田林は三号館にあの三人を閉じこめて、どうする気なんですか。三号館は崩落の危険性があります。ベランダに来てわかりましたが、プールの水もすっかり流れ出してしまっている。建物全体に亀裂が入っているのでしょう」

「瓦礫で身動きがとれず、まだ生存しているのに火災が発生するからと放水され、車内に見捨てられた生徒がどんな思いだったか、あの三人は知るべきです」

「三人をメモリアル室に置いたまま、三号館を爆破する気なんですか」

佐々木は焦った。三号館への突入を一刻も早く実行しなければ、三人は瓦礫に埋もれる。

「そうなるかも知れませんね」

藤沢は不敵な笑みを浮かべた。

「母校の校舎を爆破し、三人の命を奪いたいというあなたたちの動機って何ですか。せっかく生き残ったのに、こんな事件を起こして、亡くなった同級生に申し訳ないとは思わないのですか」

「生き残って申し訳ないと思うからこそ、こういう方法で仇をとっているんです」

「生き残って申し訳ないってどういうことですか」

佐々木は怪訝な顔をして見せた。藤沢に話をさせ、投降を進める糸口を探さなければならない。強引に身柄を確保しようとすれば、藤沢は間違いなく飛び降りるだろう。

「親友の滋子はいつも私の話を真剣に聞いてくれた。蘇州であの事故に遭った時も、医学部へ進学したらいいのか、文学部か教育学部に入って教師への道を目指したらいいのか、ずっとそれを相談にのってもらっていた」

一瞬にして二号車は破壊された。気がつくと、二人は隣り合わせで瓦礫に埋もれていた。

「どういう位置に置かれているのか自分たちでもわからないくらいで、車内は剥がれ落ちた列車の天井や壁面、それに荷物で私たちは体を圧迫されていました。動かせるのは手だけでした。恐ろしくて二人で手を握り合って励まし合っていた」

事故直後は男子生徒の声も聞こえていたようだ。

「私たちだけではなくて、二号車にはまだ生存者がいました」

神田林、鰐淵、谷中敬に川村彰、それに引率教員の袖口、合計七人で、藤沢は全員の声を聞いていた。

「袖口先生はずっと大きな声を張り上げて、皆を励ましていたわ」

二人は一年生の頃の楽しかった話をしながら痛みと寒さに耐えていたという。いつまで経ってもレスキュー隊は来てくれなかった。

「私は足に硬いものがぶつかり、両足の感覚が次第になくなっていきました。両足を切断するかもしれないと思うと、恐ろしくて泣き出してしまいました。それを励ましてくれたのが滋子でした」

〈大丈夫、明日美、もう少し頑張ってみよう〉

こう言って中山は藤沢を励ましていたようだ。

夜になっても救出されそうな気配はなかった。藤沢の声も次第に小さくなっていった。冷たい水が流れてきて、顔や首筋に流れ、衣服を濡らした。中国語で叫ぶ声が聞こえたらしい。

「エレベーターが急に停止したような圧迫感を体全体に感じた」

その衝撃で、藤沢の体に覆いかぶさっていた瓦礫の山が半分ほど、他の場所に崩れ落ちた。

「ほとんど血が通っていなかった両足がレスキュー隊の見える場所に露出したようでした」

それを発見して中国人が駆け寄ってくるのが藤沢にはわかった。しかし、瓦礫が衝撃でつないでいた二人の手に厚くつもった。

苦しそうな滋子の微かな呻き声が藤沢には聞こえた。

レスキュー隊が瓦礫の中から藤沢を救出した。

「あれほど力をこめて握っていたのに、いつの間にか私は手を離していました」

藤沢はレスキュー隊によって病院に搬送された。

〈滋子、必ず助けに来てもらうから、もう少し頑張って〉

「滋子に聞こえたかどうかわかりませんが、担架の上から精いっぱい叫びました」

藤沢はここまで話をすると、タバコをとり出して二本目に火をつけた。


小向は地下通路の先にいる鰐淵に懸命に投降を呼びかけたが、応ずる気はまったく感じられなかった。家の真下に穴を掘り、校内敷地まで地下道を造り、プレハブ倉庫の下に地下室まで造ってしまうのだから、用意周到で、並々ならぬ決意で臨んでいるのだろう。

「高校爆破の動機の解明を要求しているが、そんなものを人質三人から改めて聞き出して、何になるっていうんだ。あんたらのやっていることは意味不明だよ」

「そうか……」

「人質の三人があんたらを納得させる動機を明らかにしたところで、この事件は終わるのか？　あんたらは自首でもする気があるのか？」

「残念ながら自首する気はないなあ」

鰐淵は小馬鹿にしたような答え方をした。

「その動機とやらを世の中に明らかにしなければ意味がないんだろう」

「そりゃそうだ」

「それならこんな大掛かりなことはしないで、校門爆破程度にしておいて、その後はマスコミ集めて記者会見でもすればすむ話だろう」

「そんな簡単な話ではないから、これだけの大事にしたんだよ」

「三人の教師が蘇州で起きたことを明らかにしたって、それをどうやって皆に知ってもらうというのだ。社会的に明らかにされなければ意味はないだろう」

「刑事さん、いい人だね。そこまで心配してくれるんだ。ありがとう」

小向はますます焦った。鰐淵に翻弄されているのは明らかだ。小向と鰐淵、佐々木と藤沢の会話は捜査本部を介して、それぞれ互いにイヤホーンで聞けるようになっている。

佐々木も投降を勧めているが、藤沢は自殺をほのめかしている様子だ。高倉も佐々木もまったく予想していない展開だ。マスコミ注視の中で藤沢を自殺に追いこめば、捜査の在り方に批判が集まる。

機動隊を強行突破させれば、人質三人の生命が危ぶまれる。鰐淵を説得し、地下道から三号館への道をなんとしても確保する必要がある。

　鰐淵とのデキの悪い掛け合い漫才のようなやりとりは、何度も同じ話を繰り返しながら三十分近くも続いている。

「谷中敬とは仲が良かったようだけど、どうしてご両親が証言してくれって頼んだのに、断ったんだ。最高裁まで争った裁判だぜ。あんたらが証言するチャンスはいくらでもあった。それをこんな方法でやりやがって、卑怯だとは思わないのか」

　小向も本音をさらけ出して鰐淵に迫った。それまでは適当にあしらおうとしている姿勢がありありとうかがえたが、小向の言葉が琴線に触れたのだろう。

「十六、七のガキにはその知恵がなかったんだよ」

　鰐淵の口調は明らかに変わった。

「裁判は事故の翌年に始まり、去年まで続いた。証言する気になれば、どうとでもなったはずだ。しょせん言い訳だな」

「その通りだ。だけどな、一度階段から足を踏みはずして、落ちるところまで転げ落ちてしまった人間には、それがなかなかうまくできないんだよ」

「そんなのあんたらの言い訳だろうが」

「世の中には刑事さんみたいに強くて正しい人間ばかりじゃないのさ。俺たちみたいに情けない人間もたくさんいるっていうことだ」

「何をあまったれたことを言っているんだよ。皆情けなさを隠し引きずりながら必死で生きているんだ。それを今頃になって、こんな手段で世間に訴えるなんて卑劣だ。谷中だって悲しんでいるはずだ」

「それもわかっていてやっていることさ、刑事さん」

鰐淵は以前のように小向を小馬鹿した口調にもどっていた。

「よくテレビドラマでやっているだろう。逮捕される前に、マスコミを前にしていいたいことをまくし立てる犯人が。あんたらもそれをしたらいいではないか」

「それもちゃんと考えているから心配しなくていいよ」

磯部、羽根田、野々村の三人と彼らにしかわからない遺恨が蘇州で発生したのだろう。その復讐を果たそうとしているのはわかるが、彼らがこれから何をしようとしているのか、小向にはまったく予想もつかなかった。

「刑事さん、そろそろ穴から出てもらった方がいいよ」

鰐淵がおどけた様子で言った。

「もうすぐタイムアップなんだ」

小向は時計を見た。午後二時十五分になろうとしていた。

「タイムアップって何のことだ」

小向は大きな声で聞き返した。

声を張り上げたのは、事故の起きた午後二時二十分に彼らが何かを企んでいることを、高倉と佐々木に伝えたかったからだ。

「いたければいつまでもいても構わないけど、俺はもう爆破装置のスイッチをONにしたからね。この試合にロスタイムはないよ。何分後かは教えないけど、地下通路も地下室もダイナマイトで吹っ飛ぶよ」

イヤホーンから高倉の声が聞こえた。

「小向、もどれ」

「鰐淵、投降したらどうだ。まだいくらでもやり直しはきく」

「刑事さん、あんたも人が良さそうだね。でも俺はホントに爆破装置をONにしたんだ。死にたければそこにいればいいさ。あと五分足らずで爆破だよ。早く出て周辺の警察官を避難させた方が利口だと思うぜ」

再度高倉の声が聞こえた。

「もどれ、これは命令だ」

小向は地上に出ようと縄梯子をつかんだ。

「親友の死を踏み台にした人間なんて死んだ方がいいのさ」

鰐淵の声が地下通路から聞こえた。

「刑事さん、湘南台旭日高校宛てにメールを送った。そこに俺たちの回答があるよ」

鰐淵の声が追いかけてきた。地上に出ると、警察車両は次々に移動を開始していた。

佐々木はイヤホーンから聞こえてくる小向の声に、藤沢には悟られないようにタバコをとり出しながら時計を見た。二時十六分になろうとしていた。藤沢も地下室が気になるのか、しきりに体育館の方に目をやった。

「刑事さんのお嬢さん、自殺したっておっしゃってましたよね」

「ええ、いじめを苦にしたのか、あるいはいじめグループに抗議をしたかったのか、校舎の屋上から飛び降りてしまいました」

藤沢は蘇州列車事故とは違う話を始めた。佐々木はそれにつき合いながら、藤沢との間合いを縮めることばかりを考えていた。

「最後にお嬢さんは何を思ったとお考えですか」

藤沢は自殺する気だと思った。

「母親のこと、弟のことを思ったのではないでしょうか」

「いいご家族なんですね」

「君のご両親だって悲しむと思う」

「私は両親を悲しませたいのよ」

非行を犯す未成年の女性の多くは自虐的な行為を重ねる。暴走行為や恐喝、シンナー吸引、薬物使用で補導され、警察で慌てふためく両親を見て、本人は満足する。それは両親への報復であると同時に、親と子の絆を確認する行為のようにも佐々木には思えた。

「ご両親は君の左手の甲にあるケロイドに気づかなかったのでしょうか」

「気づいていたでしょう。でも知らんふりでしたね。コーヒーを運んできた母親なんか、皮膚をこがす異臭が部屋に立ちこめているのに、〈明日美さんのお部屋臭いわ〉くらいのことしか言いませんでしたから」

「父親は一人娘の自傷行為に心を痛めたはずです。それをうまく娘に伝えられないケースだって多々あります」

藤沢は佐々木をバカにするような笑みを浮かべた。

「水泡ができて、それを剥がして、赤い皮膚の上に再び火を押しつけるんだよ。痛みを感じるけど、なぜか心が落ち着くような気がしてさ、止まらなくなってしまった。相変わらず医学部進学を父親はやかましく言ってきて、あの頃からもううんざりっていう感じなのよ」

捜査によれば、藤沢一家は以前は横浜市に建てられた高級マンションの十一階で暮らしていた。明日美は一人娘で両親からは溺愛され、何一つ不自由することなく育てられた。父親はW大学理工学部の教授で、父親との折り合いが悪くなるのは高校に入ってからだった。

中学までは親の望む長女を演じていた。湘南台旭日高校は入学と同時に大学受験に備える高校だった。

「普段はさ、学校の成績や偏差値などで人間の評価は定まらないと、口癖のように言っていたにもかかわらず、一学期の成績を見た父は、十畳ほどのリビングで対角線上に私を投げつけたんだよ。私は失神して意識を失っているのに、馬乗りになって顔を殴りつけ、噴き出した鼻血を見て、ようやく暴力の手をゆるめるようなヤツだよ。それが実の父親だなんて、信じられる？」

藤沢は自分の友人にでも話すような口調だ。

「母親だって、なぜか知らないけどさ、自分の部屋に閉じこもり助けてはくれなかったし、私はずっと一人だったよ。でもホントに孤独な人間は風景に救われることってあるんだよ。刑事さん、わかる？」

「どういう意味ですか」

佐々木には藤沢の言っていることがわからなかった。

「深夜にマンションの屋上から見る風景って、ものすごくきれいなんだよ」

父親に殴られると、両親が寝静まった頃を見計らって、藤沢は冷蔵庫から冷えたコカコーラの瓶をもって部屋を出た。マンションには北と南側に二つの非常階段があった。いずれも非常ドアを出ると鉄骨で組まれた階段で、一度非常ドアを出ると、エントランスのオートロックを解除するキーを差しこまないと、外からドアは開かない仕組みになっていた。

キーとコーラを持ちながら藤沢は最上階の十二階に上がった。

「手摺に寄りかかり、冷えたコーラを飲みながら夜景を眺めていると、関内あたりがよく見えるんだよね」

「湘南台署の屋上からも、横浜の夜景はきれいに見える。私も、時々、一服するために屋上に出るんだ。気分転換にもなるし……」

佐々木が屋上から見える風景を説明しようとすると、それをさえぎるように藤沢が言った。

「私、夜景になんか興味ないし、ちっともきれいだとも思わないわ」

「どんな風景が好きなんですか」

「コーラの瓶が割れる瞬間って、刑事さん、ご覧になったことあります？」

「いや……」

藤沢は飲みほしたコーラの瓶を、人も車も通っていない通りに目がけて、マンション最上階から放り投げていた。

「完全な放物線を描いて落下していく。空気がひび割れるような音が一瞬響き渡ってさ、コーラの瓶が純白の完全な同心円を描きながら砕け散るんだ。下を見ると、粉々に粉砕されたガラス片が放射線状に散っている。その光景があまりにも美しく思えた」

父親に殴られた憂さは、コーラの瓶と同じで一瞬にして消えていた。それからというもの父親から虐待を受けると、深夜でも入りこめるビルを探し、そこからコーラの瓶を投げ捨て、破壊されつくすその一瞬の光景に藤沢は心を奪われていた。

結局、両親ともに藤沢と正面から向き合う道は避けてしまったようだ。高層ビルからコーラを投げる行為も自傷行為も当然エスカレートした。

「リストカットしてさ、手首に包帯を巻いて血が滲んでいても何にも言わない父親ですよ。それでも無視するんだから、あの親はまともではないよ」

藤沢は両親が寝静まった頃、カッターナイフをいつもより深く左手首に食いこませた。

「割ったザクロのように傷口が開いて、血が噴き出してきた。このまま死んでもいいやと思った。痛かったのは一瞬で、意識が遠のくと、後は凪いだ遠浅の海岸を浮遊しているような感覚だった」

そんな藤沢の意識を現実に引きもどしたのは両親だった。

〈お前の教育がしっかりしていないから、こういうことになるんだ〉

〈何をおっしゃるんですか。あなたが医学部、医学部としか言わないから、こんなことになるんです。私の責任ではありません〉

意識を失いかけている藤沢の前で夫婦喧嘩が始まった。

「〈止めてくれー。ウルセーよ、あんたたち。このまま死なせてくれ〉って思って聞いてたけど、気がつくと病院のベッドの上に寝かされていた」

リストカットなどの自傷行為は、親に救済を求めるシグナルだ。しかし、それに気づかない親がほとんどだ。まして自殺を考えるほど追いつめられる子供であれば、なんらかのサインを発している。佐々木もそれを見落とした。

「私、都内のホテルで売春している時にさ、父親とばったり出会ったことがあったのよ」

藤沢は十代のような無邪気さで言った。

「オヤジ、その時、どうしたと思う」

佐々木には答えようがなかった。時間が気になった。

「少しは真剣に考えてみてよ」

藤沢はホステスが客に甘えるように聞いた。

「男と一緒にいるところを見れば、気がつかなかったような素振りでやり過ごして、後で誰だったのかを確かめます」

「一緒にいた男が父親よりはるかに年上だとしたら」

藤沢が一緒にいた男は大手自動車メーカーの役員で、新聞やテレビにも顔を出す経済界でも名が知られた大物だった。藤沢の父親は自分の娘が、ＯＬでもしていると勝手に思いこんだらしい。

父親は役員のところに歩み寄ってきて挨拶をした。

〈いつも娘がお世話になっています〉

「おまけにオヤジったら自分の名刺まで役員に差し出した」

役員は背中に火がついたように慌て、「失礼します」と言って逃げるようにロビーから去った。その後で藤沢が言った。

〈あの人、上司でもなんでもないよ。私の客よ〉

こう言われてすべてを理解できる父親はいないだろう。

〈私、売春しているのよ。あの男は結構いい客でさ、一晩で十万円くれるんだ。久しぶりに会ったんだから、食事でもしようか。勘定は私が払うから〉

藤沢の父親は顔面蒼白で、何も言わずにその場から立ち去った。

「そんな父親だよ、私に何があったって悲しむとは思えないけど……」

藤沢はタバコをとり出して吸い始めた。佐々木もそれにつられてタバコに火をつけた。最後の一本だった。箱を握り潰してポケットにねじり入れた。タバコを吸い始めると二人とも無口になった。

「いつから吸っているんだ」佐々木が聞いた。

「高校二年くらいから。刑事さんは？」

「同じようなものさ。お互いにタバコはそろそろ止めた方がいいな」

「覚せい剤は自力でなんとか卒業したんだから、タバコくらい好きに吸わせてよ」

藤沢が笑顔を見せた。

「覚せい剤はどうやって止めたの。よく止められたな」

「行き着くところまでやったよ。幻覚、幻聴はすごかったから。タチオンでシャブを体から抜いて、また始める。結局、それの繰り返しだったけどね」

タチオンは解毒作用のある薬で、薬物依存症患者に用いられる。

「どんな幻覚、幻聴だったんだ？」

「忘れたくてシャブをやったのに、幻覚も幻聴も、いちばん思い出したくないものが壁や天井から現れるんだよ。私の場合は壁に塗りこめられた滋子が、手を差し出してきて、悲しそうに言うだよ、先生になりなさいって」

藤沢はタバコを吸いながら雄弁だった。

「もう一つの幻影、幻聴は作文なんだ」

「作文？」佐々木は聞き返した。

「うん」

明日美が高校三年の時に、父親の言う通りに書いた作文が法廷に提出されたと説明した。

「それがさ、壁とか天井に文字が浮かんできて、事故で死んだ同級生が全員で朗読する声が聞こえるんだ」

耳を塞いでも朗読の幻聴は聞こえてきたという。カーテンの後ろに人が隠れ、作文を読んでいるように思えて、カーテンに向かって何度も包丁を刺したり、切り裂いたりして、一晩中包丁を振りまわしていたらしい。

「朝目が覚めたら、自分の目の前に包丁がベッドのクッションに突き刺さっていたよ」

高裁判決後、そんなことが何度もあったようだ。明日美がマンションを借りる時は、外から見られる心配のない高層階で、すべてのカーテンをはずして暮らしていたのはそのためだ。

タバコを吸い終わる頃、湘南台旭日高校から轟音が響いた。体育館横にあるプレハブ小屋周辺から砂塵が噴き上った。イヤホーンから「プレハブ倉庫の下でダイナマイトが爆発したもよう」高倉の声がした。

砂塵は数十メートルの高さまで上昇している。

佐々木は駆け寄り、ベランダの縁に座る藤沢を内側に引きずり降ろそうと思った。それに気づき、藤沢は鬼のような形相で言った。

「来ないで」

佐々木の足が止まった。

「もういいだろう。マスコミも事件の背景にひそんでいるものを書くはずだ。それでもう十分だろう。命を落としてまですることではないぞ」

「そうね」

藤沢は頷いた。

「今までの苦しみが何のためにあったのか、すべてがわかる日がきっとくる。だから死ぬな」

「お嬢さんにはその言葉を言ってあげたの？」

「言えなかったから、君には聞き入れてほしいんだ。自首してくれ」

佐々木が言うと、藤沢は首を横に振った。

「刑事さんってやっぱりいい人なんだ……、もっと早く出会いたかったよ。人生なんてどんな人と出会うかでだいたい決まってしまうからね」

藤沢は力なく笑った。

「今からでも遅くない。生きるんだ」

「刑事さん、タバコないんでしょ、これあげるよ」

藤沢は自分の吸っていたタバコの箱を佐々木に投げてよこした。佐々木の所まで届かずに、ベランダの床に落ちた。

「私の話を聞いてくれたお礼よ」

飛び降りる気だと思った。佐々木は「止めろ」と怒鳴りながら藤沢に駆け寄った。その瞬間、藤沢はベランダから腰をずらして外に身をのり出した。

佐々木の右手が落下する藤沢の左腕をつかんだ。引き上げようとした。佐々木と見上げる藤沢の視線とが絡み合った。

「私、今度こそコーラの瓶になるんだ。離してよ」

藤沢が暴れた。ブラウスが肩口から破れた。滑りやすいレーヨンのブラウスだ。佐々木の右手から少しずつ滑るように藤沢の腕がずり落ちていく。佐々木はベランダの手摺から半分身をのり出して、左腕を伸ばし藤沢の左手をつかもうとした。

藤沢は体を回転させたり、両足をバタつかせたりして、佐々木の手を振り切ろうとした。右手の握力だけで藤沢を支えるにはもはや限界だった。佐々木の左手が藤沢の左手首をつかもうとしたその一瞬、右手の握力がフッと抜け落ちたような気がした。

ブラウスの袖だけが手に残っていた。

藤沢が落下していくその刹那、何匹ものミミズが吸いついているような左手首のリストカットの痕が見えた。藤沢が笑ったように思えた。

佐々木は目を固く閉じた。地響きが十二階まで伝わってきた。眼下に目をやった。駐車場にうつ伏せになって横たわる藤沢の体から、血が同心円状に広がっていた。

右手に残されていたブラウスの袖をベランダから藤沢に向けてそっと落とした。

藤沢の投げて寄越したタバコの箱を拾い上げ、一本を口にくわえた。しかし、火をつけずにそのタバコも箱もベランダに、佐々木は思い切り叩きつけた。

# 第十四章　逃亡

　神田林は三階の水が滴り落ちる部屋で、メールを一斉送信した。送信先は新聞社、テレビ局、出版社などのマスコミと、入手した教職員のアドレス、それに在校生と卒業生のアドレスに、リンク先を送った。そのリンク先をクリックすれば、神田林がネット上に立ち上げた「湘南台旭日高校の真実」というサイトにアクセスする。

　ボストンバッグを持って四階のメモリアル室に向かった。バッグの中身はダイナマイトとノート型パソコン、バッグの見えにくい位置にはＷｅｂカメラがとりつけられている。

　四階に上がるのも苦しい。モルヒネを打てば痛みは緩和するが、意識も朦朧とする。モルヒネなしで二十分くらいは、三人と対決しなければならない。しかし、念のためにバッグにはモルヒネと注射器も入れてある。

　バッグを左手に、右手には携帯電話をしっかりと握りしめ、階段を一歩一歩上った。メモリアル室までゆっくりと歩いた。メモリアル室のドアは爆風で、廊下側に吹き飛ばされていた。ドア周辺にはガラスの破片や天井板が散乱していた。爆破の威力は想像していた以上だった。

なんとか入口のところまで辿り着くと、三人は窓際に立ち、外を眺めていた。突然、幽鬼のように現れた神田林に後ずさりした。部屋は外からの光が差しこみ、十分明るかった。部屋に入ると、ガラス、無残に破壊されたソファの残骸が散乱していた。さらに足の踏み場もないほど、細かく引きちぎられた遺稿集などの展示物が、真っ黒な水に浸かっていた。一番手前にあったソファの残骸を移動させ、ドアをふさぐように置きなおした。神田林はそこに腰を下ろし、Ｗｅｂカメラが三人に向くようにバッグを置いた。

バッグのチャックを開き、三人の映像が映っているかパソコン画面を確認した。アクセス数が秒針のように増えていく。

「お久しぶりです」

神田林の顔からは血の気が失せ、頬骨が突き出し、眼球は窪み、骨格がはっきりと浮き出ていた。病気だというのは一目瞭然だ。

「先生たち、動かないでください。携帯電話にはすでに電話番号が入力されています。この携帯電話の発信ボタンを押せば、つながった段階でこのバッグの中にあるダイナマイトだけではなく、三号館に仕掛けたダイナマイトが一斉に爆発します。ですから逃げようなんて思わないでくださいよ」

神田林は大きな呼吸を繰り返しながら、三人を見つめ、そして笑った。

「なんでこんなバカなことをしたんだ」

言葉を荒げたのは磯部だった。

「我が校が君にどれほど期待を寄せ、事故後、どれだけ便宜を図り、気をつかってきたことか。それはいちばん君が良く知っているだろう」

羽根田が追い打ちをかけるように言った。

「そうですね。様々なご配慮をしていただきました。それは事実ですね。うるさい生徒に秘密を握られ、先生たちは私たちの言いなりだった」

神田林は激痛に耐えながら答えた。


蘇州列車事故の後、クラスの再編を余儀なくされた。二号車の生存者は他のクラスに組みこまれた。

神田林は私大理数系進学クラスに編入された。以前は大学進学にそれほど意欲的ではなかった。母親が朝から晩まで働き詰めで生活費と湘南台旭日高校の授業料を捻出していた。その姿を見ていると、負担に感じて逆に受験勉強に打ちこむ気持ちにはなれなかった。入学と同時に大学受験に備えるが、それだけでは不十分だとほとんどの生徒が進学予備校にも通っていた。そうした連中が東大や早慶に現役で合格していた。早慶を除いた六大学や上智、青山大学が彼らにとっては滑り止めで、最初からその大学を目指す連中は落ちこぼれ組だった。神田林はその典型で、成績が悪ければ母親も進学を強制しないだろうと勝手に思いこんでいた。

それをいさめてくれたのが親友の川村彰だった。彰はしつこいというより、くどいと思われるほど、神田林の無気力を詰った。

「お前が本気になりさえすれば、この学校でもトップになれるのになぜ頑張らないいんだ」

二人が学んだ中学校は公立だったが、いつも一、二位は二人が独占していた。

「彰のウチみたいに、俺は勉強だけをしていればいいっていうわけじゃないんだ。お前には俺の気持ちはわからないよ」

干渉されるのを嫌った神田林と彰との間に気まずい空気が流れた。それでも彰は神田林に大学を目指すようにと説得を諦めなかった。

修学旅行の列車の中で、彰はその年のW大学の募集要項を広げた。

「ここを読んでみろ」

W大学の奨学金制度の説明部分にアンダーラインが引いてあった。創立者の名前を冠したO奨学金のところには、赤いボールペンで二重丸が付けられていた。O奨学金は授業料全額免除、返済義務もなかった。

神田林が顔を上げると、彰がほほ笑みながら言った。

「諦めるなって」

その直後、列車は激しい衝撃を受けた。

身動きできなくなった車内でも、彰は叫び続けた。「諦めるな」

それは救出されるまで頑張れという意味ではなく、経済的理由などで大学進学の夢を捨てるなという彰の激励だった。

神田林は救出された。しかし、川村彰を救い出してやることはできなかった。

二年生になると神田林はＷ大学理工学部を目指して受験勉強に打ちこむようになった。

羽根田が数学、野々村が物理を教えていた。二人が教える時間と他の教師の授業とでは、神田林は熱の入れ方が違っていた。神田林は射るような視線で二人の教師を見つめた。

最初の頃は、羽根田も野々村も不気味がっていたが、授業態度が以前とはまったく異なり、むしろ二人は神田林の弱点を懇切丁寧に教えるようになった。

一年生の頃、羽根田は最初から神田林を落ちこぼれ扱いにしていた。前列から順番に質問したり、黒板の前で問題を解かせたりしていた。しかし、二学期になると、羽根田は神田林を飛ばして後ろの席に座っている生徒に問題を解かせ、質問さえしなかった。

「時間と労力のムダを省こう」

羽根田は平然として言い放った。それが二年生の春からはまったく変わった。神田林が質問に答えられなければ、理解できるまで説明した。黒板で問題が解けなければ、つきっきりで教えた。それは野々村も同じことで、神田林は自分が理解できるまで、二人の教師に質問を浴びせた。

「今の説明では私にはわかりません」

他の生徒が苛立って、「放課後教えてもらえよ。そんな基本的なことは」と罵声を浴びせても、神田林は耳に入らないといった調子で、質問をつづけ、理解できるまでは先に進ませなかった。一時間の授業すべてが神田林のために費やされることさえあった。

他の生徒から不満の声が上がった。羽根田も野々村も神田林の家庭教師にしか見えなかった。ＰＴＡの間でも問題視された。しかし、学校側は腫れものにでも触るかのように神田林一人の扱いに振りまわされた。

神田林自身、複数の生徒から呼び出され、質問を控えるように脅された。

「お前一人で授業を受けているわけではない。少しは皆のことを考えて質問を差し控えろ、遠慮しろよ」

神田林はいっさい反論もしないで無言で通した。

「現役で大学に入りたいのはお前だけじゃねえよ。独占するのはやめてくれ」

日頃の鬱憤をこの時とばかりに神田林にぶつけてきた。

「そんなに勉強したければ、予備校に通うなり、家庭教師を雇えばいいだろう」

神田林が母子家庭だというのを中には知っている生徒もいた。神田林はとり囲んだ生徒の名前を記憶した。校則は厳しく暴力沙汰を起こせば即刻退学処分になる。彼らはそれぞれ口汚く神田林を詰ったが、決して暴力は振るわなかった。吊るし上げは一時間ほどつづいた。

解放されるとその足で神田林は校長室に駆けこんだ。

「授業中、質問するなと脅迫されました」

神田林はとり囲んだ生徒の名前をすべて挙げた。「私は真剣に勉強しているだけです。暴力を振るわれたわけではありませんが、まさしく言葉の暴力です。彼らを厳しく処分してください」

磯部校長にも、神田林の授業態度は耳に入っていたはずだ。

「わかりました。対応を考えます」

その結果、湘南台旭日高校がうち出したのが放課後の補習授業だった。英語、現代国語、古典、数学、物理、化学の補習授業が行われるようになった。神田林は授業中の質問は止めた。しかし、補習授業ではそれまでと同じように理解できるまで質問をつづけた。

最初の頃は苦手科目を克服しようと他の生徒も出席した。しかし、神田林の執拗な質問に辟易して出席者は次第に減り、最後は神田林一人になってしまった。現代国語や古典などは受験には必要なかったが、神田林はそれらにも出席した。

磯部の意向もあったのだろう。どの教科の教師も忠実に補習授業を行なった。当然成績は上がった。教師たちは神田林のためにだけあるような補習授業を、一言も文句も言わずになぜかつづけた。

その結果、神田林の成績は湘南台旭日高校一位の成績をどのテストでも維持するようになった。中間、期末テストの結果はどの教科もほぼ百点に近かった。補習授業で事前に試験問題を教えているのではないかと噂が広がった。

教師たちも残業手当もつかない仕事をつづけていくことに苛立ちを見せていた。神田林の成績を上げる手っとり早い方法は事前に試験問題を解かせることだった。噂は紛れもない事実だった。

湘南台旭日高校は毎年二、三人の生徒が推薦でW大学に入学していた。評価されるのは三年一学期までの成績だ。神田林がW大学の推薦入試に合格するのは間違いなかった。教師たちは三年生の二学期からは補習から解放されると考えていた。

しかし、神田林は学校推薦を拒絶した。磯部校長に呼ばれた。

「学校推薦によるW大学の入試をなぜ渋るんですか。君のように優秀な生徒はW大学に進み、我が校の生徒がいかに優れているかを誇示してほしい。それが君の後輩たちの推薦入学枠の拡大につながるのだから、是非推薦で入ってほしい」

神田林は剃刀で斜に切ったような笑みを口元に浮かべながら答えた。

「そのためにも私は推薦ではなく、一般入試を選択するのです」

「どういうことかね」

「校長もご存じでしょ。私が補習授業で事前に中間、期末試験の問題を教えてもらっているのは。誰だって一位はとれますよ。推薦で合格しても、やはりそうだったのかとしか思われません。私は一般入試を受けます。ですから補習授業は入試直前までやってください」

神田林は頭を深々と下げてから、顔を上げると磯部は岩塩を口の中にこじ入れられたような表情を浮かべていた。

二学期からの補習授業では、どの教科の教師も態度が一変した。問題を事前に教えることはなくなり、逆に、レベルの高い入試問題にさらに手を加えて出題してきた。

羽根田などはその典型だった。

「お前にはいいようにしてやられた。これが解けたら実力を認めてやるよ」

それまで様々な配慮をしてきたのに裏切られたという思いがあるせいか、底意地が悪かった。神田林が問題を必死に解いていると、横に来て答案用紙を見ながら、独り言のようにつぶやきつづけた。

「本来お前のような経済的に問題のある生徒は、本校に来たことが不幸の始まりなんだ」

貧しい家庭の子弟が来るべき高校ではないと羽根田は言いたかったのだろう。神田林は母子家庭の典型だった。

「お前の努力に応えてやろうと、あれだけ配慮してやったのに、推薦を断るなんて前代未聞だ」

その上さらにネチネチといつまでも神田林の隣で、文句を言いつづけた。神田林はそれを歯牙にもかけないといった様子で問題を解いた。どんな難問題を出されても神田林は完璧に解答した。他の教科も神田林は教師が舌を巻くほど実力を蓄えていた。受験する大学を決めるシーズンになると、補習授業を担当してきた教師から「東大も十分に合格するだけの実力はあります」という声が持ち上がった。

神田林自身、東大に合格する実力はあると思っていた。密かに受けていた全国模試でも百番以内に入っていた。成績を上げることがそれほど困難だとは神田林は思わなかった。

受験勉強は無味乾燥だとは思う。しかし、神田林にとって受験勉強は逃避の場所だった。蘇州からもどって以降、心が安らぐのはすべてを忘れて勉強に打ちこんでいる時間だけだった。

眠っている時でさえ神田林は安らぐことはできなかった。眠れば悪夢にうなされた。数時間しか眠れなかった。

磯部に校長室に来るように呼ばれた。

「W大学と東大を受けたらどうかね。成績は申し分ないようだから」

「いいえ、私はW大学しか受けません」

「東大なら学費も安いし、お母さんにもそんなに負担を掛けずに済むというものだ」

磯部は神田林の母親を気づかった。母子家庭だというのを、担任教師か羽根田から聞いて知っているのだろう。

「学費のことならご心配は無用です」

「どうしてだね」

磯部が訝る顔をした。

「O奨学金をとります」

W大学のO奨学金を給付されるのは数人だけだ。磯部は熟睡している最中に枕を蹴飛ばされたような顔をした。

「失礼します」

神田林が磯部を見たのはそれが最後だった。言葉通り神田林はW大学一校しか受験しなかった。合格発表以後、登校することもしなかったし、合格を伝えることもなかった。卒業式も欠席した。

羽根田から卒業証書を手渡したいと電話が入った。

「そんなものは要りません。適当に処分してください。磯部校長に伝言があります。O奨学金の給付が決定したと」

一方的に言いたいことだけを伝え、神田林は電話を叩きつけるようにして切った。

神田林にはもはや一人では立つ力はなかった。それが三人にはわかるのだろう。いつもは隅に隠れている野々村までが言った。

「私たちは補習をしたり、成績の面でも君には融通を利かしたりしてきた。恩を仇で返すとはこのことだ」

「そうですね。内申書もしかり、欠席しても出席扱いになるし、至れり尽くせりでした」

「それなのにこれが我々に対する恩返しというわけか」

磯部が生徒を怒鳴るような口調で言った。

「そんなに大きな声を出さなくても、磯部元校長、聞こえますよ」

このやりとりがマスコミや教職員、生徒に見られていると思うと、笑いが堪えられない。

「何がおかしいんだ」羽根田が聞いた。

「いえ、なんにもおかしくはありません。失礼しました。さて、本題に入りましょう」

「本題？」羽根田が訝る表情を見せた。

「そうですよ。三人からはまだ正しい回答をいただいていません。今、この場で我々が求める正解が得られなければ、この携帯の発信ボタンを押します。これはブラジルの携帯電話なので海外ローミングでつながるようにしてありますが、回線がつながるまで今までの経験では七秒から十秒くらいかかります。先生たちがここから逃げたとしても、一階に着く頃には瓦礫に埋もれることになります」

神田林が携帯電話を押す真似をした。

「これで一瞬にしてすべて終わります。さてお遊びはここまでです。答えていただきましょうか」

気の弱い野々村が震え出した。

「間違えれば、すぐにこのボタンを押します。では磯部、あんたからまず答えてもらおう」

声を出す度に激痛が体全体に走る。

磯部は黙りこんで何も答えない。

「答えろ、磯部、押してもいいのか」

神田林は最後の力を振り絞るようにして、張りのある声で凄んだ。

「脅しではないぞ。もう一度だけ言う。答えろ」

羽根田、野々村が磯部を促す。

「答えてください。あいつは本気です」

羽根田が磯部の前に出て、顔を見つめて言った。

「お願いします。私にはまだ大学生の子供もいるんです」

野々村が崩れ落ち、磯部の足にすがり泣きながら言った。

「仕方なかったんだ。この二人が現場での判断を誤った」

磯部が羽根田、野々村に責任を被せた。

「この期に及んで、私と野々村先生に罪をなすりつける気ですか」

「そうですよ。磯部先生は奥さんと修学旅行とは関係ない行程で旅行して、そんな不十分な下見だから、あんな大惨事に遭ったんではないですか」野々村も磯部を責めた。

「二人の判断はそれぞれ、磯部先生の後で話してもらうよ。大惨事の後、あんたはどうしたかを答えてくれよ」

「学校の知名度、レベルをようやく上げたんだ。あんな事故で学校の評判を落としたくはなかった。だから君たちには黙っていてほしかった」

「それで」神田林が問い詰めた。

「君たちには助け出された直後のことは黙っていてくれと頼んだ。その代わり学校側は君らに最大の便宜を図ると約束した。それは君たちも、そして親も納得ずくだったはずだ。それなのにこんなことをしでかして、湘南台旭日高校だっていい迷惑だ」

「その通りだ。我々三人は沈黙の代償としていろんな便宜を供与してもらった。ただし俺は補習授業で成績を上げたわけではない。一日数時間の睡眠で頑張ったから成績は向上した。それをはっきりさせるために推薦入学を断り一般入試で入った」

「それは君の勝手だろう。学校は最大限君に尽くしたはずだ。君だけではなく鰐淵、藤沢にも」

　磯部は吐き捨てた。

「では今度はお二人から……」

　と切り出したところで、野々村が泣き喚きながら答えた。

「助けてください。事故現場にいるのが恐ろしくなって、羽根田先生も離れようと言うし、それで現場から逃げたんです」

「野々村先生まで私に責任を被せるんですか」

羽根田が呆れ顔で言った。

「私だって負傷していた。後でわかったことだが肋骨にひびが入っていたんだ。現場に残ったとしても、どれだけ救出に協力できたかわからない。それに危険だからと中国当局によって身柄を拘束され、現場から遠ざけられたんだ。生徒を放り出して逃げたわけではない」

羽根田はこれまでと同じ主張を繰り返した。

「中国人に排除されたわけですか。しかし、瓦礫に埋もれていた私を助け出してくれたのは、レスキュー隊だけではなかった。近くに住む農民も鍬で瓦礫をとり除いて出してくれたんですよ」

「君たちが助け出されるところを一部始終見ていたわけではない」

「そうですか。でも裁判では、私たちが救助されるのを確認し、中国人がもう生存者がいないというから現場を立ち去ったと、羽根田先生は証言していますよね」

「こちらだってパニックになっていた。記憶に不確かなことだってあるさ」

「羽根田先生はその不正確な証言を事実だと主張されたわけですね。事実をはっきりここで言ってください」

神田林は携帯電話を三人の前に突き出すように見せた。

「ホントのことを言ってください。羽根田先生。こいつは完全に狂っている。平気でダイナマイトを爆発させさせますよ」

　声を引きつらせて磯部が言った。

「そうです。事実を言ってください」野々村も羽根田にすがった。

「私たちが救出された時、羽根田先生も野々村先生も、現場にはいませんでした。どこにいたんですか」

　それでも羽根田は沈黙した。

「私たちは現場を離れて、そこにはいませんでした」野々村がたまらずに答えた。

「中国当局は火災を恐れて放水を開始したんです。あの放水量と瓦礫の山、たとえ生存者がいてもとても助け出せないと私たちは思ったんです」

「羽根田先生、それは事実ですか」神田林が確認を求めた。

「仕方なかったんだ。機関車の燃料が付近に流れ出していた。電動カッターで車両を解体しようとして夥しい火の粉が散った。引火を防ぐために放水も止むを得ない処置だった。だから一時的にその場から避難したんだ」

「一時的避難ですか」神田林は声を出して笑った。「うまいことを言うものですね。一時避難とは」

　放水をしながら解体作業を進め、切断した一号車の車両の一部をクレーン車で移動させた。激しく体を損傷した犠牲者が収容された。しかし、その度に瓦礫が激しく崩れ落ちた。瓦礫の山から奇跡的に神田林、鰐淵、藤沢の三人が助け出された。

「私たち三人が担架で運ばれていると、お二人に会いました。どこで会ったか覚えていますか」

「羽根田先生と二人で線路沿いを歩いていると、後ろから担架で運ばれてくる生存者が追いついてきました。それが君たちだった」野々村が答えた。

「羽根田先生は忘れてしまったのですか」

神田林が詰るように尋ねた。

「覚えている」

「では、あの時、私たち三人が泣いて訴えたことを言ってもらいましょう。これは野々村先生ではなくて羽根田先生、あんたが答えるべきだ」

羽根田が唇を噛みしめ、腸がねじれるような苦悶の表情を浮かべた。

「車内にまだ生存者がいる。救出してやってほしいと言っていたような気がする」

「〈……ような気がする〉だって。ふざけるな、このヤロー。正確に答えろ。押してもいいんだぞ」

神田林の気魄におされ、羽根田が言った。

「〈谷中、川村、中山の三人が生存している。クレーン操作で瓦礫が動き、苦しんでいる。今ならまだ助かる〉そう言って救出を求めてきた」

「生存者はそれだけではない。四人いたんだ」

「〈袖口先生も生存している。皆を助けてほしい〉と確かに君らは言っていた。しかし、あの時はああするしかなかったんだ」

「ああするしかなかったってどういうことだよ」

羽根田が再び黙りこんだ。

その時、体育館の方で爆発音が響いた。震動が三号館にも伝わり、滴り落ちる水の量が増えた。鰐淵が地下室を爆破したのだろう。

「時間がない。早く答えろ」

それでも羽根田は答えなかった。

「救出に現場にもどったのか、答えろ、羽根田」

「もどらなかった」

「それを認めるんだな」

「ああ」

「二十八人の葬儀が終わり、俺たち三人が、お前たち二人に聞いたよな。四人は助け出せなかったのかって。その時、何て答えたか言ってみろ」

羽根田、野々村が完全に沈黙した。

「わかった。皆で死のう」神田林が言った。

「待ってくれ」磯部が唾を飲みこみながら言った。「二人ともここまで話したんだから、全部明らかにしたって同じです」

磯部の言葉に仕方ないと思ったのか、羽根田が答えた。

「野々村先生と二人で現場にもどり、四人の生存を訴えたが、中国当局は列車解体作業を強行して、止められなかった。そう君たちに説明した」

「全部ウソだったな」神田林が確認を求めた。

「そうだよ。ウソを言った」

神田林らはその言葉を信じた。しかし、遺族らが裁判を起こし、羽根田、野々村の証言に疑問を抱いた。それでも二人はウソをつき通した。遺族らが三人に救助された時のことを尋ねまわっているのを知ると、慌てふためいた。

「その事実が知れ渡るとまずいと判断して、磯部は俺たちを懐柔し、俺たちはそれに乗ってしまった。そういうことだな」

神田林は一人一人に確認を求めた。

「ああ、そうだ。もう納得しただろう。これでいいだろう」

磯部はかつての教え子に罵倒され、一刻も早くその場から離れたいのか、しきりに視線を外にやった。

「六家族が裁判を起こすと、お前たちは藤沢明日美と鰐淵康介に作文を書かせたな。

羽根田も野々村も、ずっと現場に残り生徒の救出に全力を尽くしていたというウソを」

「その通りです。すべて認めるから助けてください」野々村が懇願した。

「それに乗じてお前らだっていい思いをしたではないか。何を今さら正義ぶっているんだ」

羽根田は居直り、ふてぶてしい態度に変わった。

「一つ質問があるんだ。どうして俺のところには作文を書いてくれって頼みにこなかったんだ?」

羽根田も野々村も黙りこみ、磯部の顔を見た。

「磯部、答えてくれよ」神田林は掠れる声で聞いた。

磯部は唇を噛み何も答えない。

「なぜ、黙るんだよ。答えられない理由でもあるのか」

磯部が体を震わせた。神田林は無言のまま数十秒沈黙した。

「さすがに俺には頼みづらかったらしいな……」

神田林は大きく息を吐き出し、弱々しく息を吸った。

「俺たち三人も同罪。被害者だなんて思ってなんかいないさ。俺たち三人はあの場から救出されるのと同時に、皮肉にも人生を終えていた。死んでいたのも同然の二十二年を送ってきた。これ以上生きたいとも思っていない。親友を見殺しにしたばかりか、俺たちはそれを利用した。生きる資格があるとも思っていない。三十秒だけ待ってやる。逃げたければ逃げるがいい。この建物を三十秒後に爆破する」

神田林が座るソファの横を三人が脱兎のごとく走り、廊下に出た。

「待て、磯部」

三人の動きが一瞬止まった。磯部が振り向いて神田林に何かを言おうとした。羽根田と野々村が磯部の腕を取り、逃げるように促した。

「磯部、あんたは人間のクズだ」

三人が階段を走り降りる音が三号館に響いた。バッグを開いた。神田林が立ち上げたサイトに、百回以上のアクセスがあった。神田林はノート型パソコンを閉じた。もう一歩も動けない。モルヒネの注射を打つ気力さえなかった。

母親から幼い頃に離婚したと聞いただけで、神田林は父について何も知らされていなかった。中学生の頃、戸籍を調べ父親の欄が空欄になっていることを知った。なおさら母親に父親について聞けなくなってしまった。

母親の秘密に触れるような気がした。聞けば母親が苦しむのではないかと、神田林は直感的に思った。

父親について知ったのは、母親が死ぬ直前だった。枕もとに神田林は呼ばれた。会社の仕事は夜間勤務のように夕方から出勤し、昼間は母親の看護につくことができた。

「今まで黙ってきたことがあります。お前の父親のことです」

「今さらそんな話はいいよ」神田林は関心のない素振りをしてみせた。

体を起こしてくれと母親が言った。起こしてやると、神田林の顔を見つめながら言った。

「お前も知っている通り、私は高校の教師をしていました。その頃、ある男性と知り合い恋をしました。同じ高校で教壇に立ち教育に情熱を傾ける若手教師でした。その男性との間にできた子供があなたです」

二人は結婚の約束をした。しかし、相手の父親は結婚に反対をした。

「その男性の父親は私立高校を創立し、いずれは彼を自分の高校に引き戻し、学校を継がせたいと考えていたようです。そして結婚させたい女性もすでに何人か候補を挙げていました」

「結局、その男と結婚できなかったということでしょ」

母親にすべてを語らせたくなかった。それでも母親は喘ぐように息をしながら続けた。

「相手の父親から呼ばれ、結婚を諦め、中絶するように言われました。当面生活できるように金も出すとも言ってきました。私は二人で直接話し合うと答えましたが、相手の男性はそれ以降は私の前に姿を見せませんでした。私は高校を退き、塾の講師をしながらあなたを育ててきました。先方からは一銭たりとも金銭は受け取っていません。別れた後、相手の男性とも一度も会っていません」

「それで父親は誰なんだよ」神田林が尋ねた。

「驚かないでね。湘南台旭日高校の磯部匡があなたの父親なの」

目の前が暗くなるような怒りが、心の底から湧きあがった。

「そんな高校に何故俺を入れたんだ」

「別れた後も私の中では、成績の悪い生徒に懸命に問題を教えている磯部の姿が焼きついたままでした。成長したあなたを磯部にみせてあげたかったの」

神田林は哀れな母親だと思った。母親に蘇州列車事故の真実をすべて打ち明けたい衝動にかられたが、臨終を迎えた母親を地獄に突き落とすようなまねはできなかった。

磯部は神田林が自分の子供だといつ知ったのだろうか。入学と同時に知っていたのだろうか。W大学を一般入試で受験すると伝えると、羽根田から「父親も悲しんでいるだろう」と詰られた経験があった。羽根田もこの事実を知っていたに違いない。しかし、そんなことはもはやどうでもよかった。

一刻も早くこんなしがらみから解放されたいと思った。神田林は携帯電話の発信ボタンを押した。窓から差し込んでくる光が消え、視界が暗く閉ざされていった。やすらかな闇が広がり、体のすべての痛みが消えていくような錯覚を覚えた。

佐々木はベランダから茫然と眼下の様子を眺めていた。救急隊が担架に載せて病院へ搬送しようとしている。藤沢は即死だろう。

救急車がサイレンを鳴らして現場から走り去った。そのけたたましい音に我に返り高倉が詰めている常駐警備車両にもどろうと思った。

「人質三人は自力で三号館から脱出」高倉の声がイヤホーンから聞こえた。

同時に三号館から爆音が響いた。

人質の生命が奪われるという最悪の事態だけは回避できた。佐々木がもどると、小向も帰ったばかりだった。

「ご苦労様でした」高倉が佐々木の労をねぎらった。

「申し訳ありません」

「いいえ、佐々木さんも小向君も事件解決に全力を尽くしてくれました。人質は全員無事です。しかし、神田林らはこんな置き土産を残して逝きました」

高倉がパソコンを開いてメディアプレーヤーを起動した。神田林が三人と対決しているシーンが映し出された。鮮明な映像ではないが、三人の表情もわかるし、声も聞きとれる。

「何ですか、これは」佐々木がモニターを見ながら聞いた。

「神田林が三人に蘇州列車事故の件で湘南台旭日高校の不手際を追及しています。この映像が生徒、教職員、それにマスコミに送られています」

映像は三人がメモリアル室を逃げ出すところで終わっていた。

「この直後に神田林は自爆したもようです」

神田林、鰐淵、藤沢の三人は磯部らに握りつぶされた事実を白日の下にさらすために、今回の事件を起こしたのだろう。

「マスコミに流れたとすると、事件は解決しましたが、明日からは大騒ぎになりますね」

佐々木が煩わしそうに言った。

「いや、もうなっています。人質三人が収容される病院に各社の記者も向かっています」小向が言った。

翌日の朝刊は各紙とも湘南台旭日高校の人質事件解決を一面トップにもってきた。同時に二十二年前の蘇州列車事故とその後の裁判にも言及していた。コメントを求められた法律の専門家の中には、羽根田、野々村の二人は偽証罪の可能性もあると指摘する者もいた。

モザイクが入れられてはいるものの、神田林がインターネット上に流した映像が繰り返し、テレビで流された。顔が判別できないだけで、三人が蘇州列車事故後にとった対応は周知の事実となった。

三人が入院した病院の玄関前は、報道陣で埋め尽くされてしまった。湘南台旭日高校も対応を迫られていた。現在の校長、教頭が生存していた生徒を見捨てたことを自らが証言し、その事実を前校長が隠蔽した。三人に非難が集中したのは当然だが、世論は進学率だけを求める湘南台旭日高校の在り方にも疑問を投げかけた。

三人が入院した病院も症状を明らかにするように迫られた。個人情報とはいえ、沈黙をつづけるわけにはいかない状態に追いこまれていた。湘南台旭日高校でマスコミの対応にあたっているのは富岡だった。

本人たちは渋っていた様子だが、富岡の了解をとりつけると、病院側は記者会見を開き、体調にはまったく問題はなく、いつでも退院できる状態だとコメントした。三人は病院に居づらくなり、三日目の朝にはそれぞれの自宅にもどった。待ち受けていたのは取材陣だった。

鑑識課の現場検証で、地下室は完全に爆破され、鰐淵の遺体さえまともに収容できる状態ではなく、パソコン類はすべて破壊され証拠になるようなものはいっさいなかった。それは神田林も同じことで、三号館は崩落しなかったものの、メモリアル室は跡形もなく爆破されてしまった。

藤沢の部屋に元々パソコンはなかった。携帯電話で連絡をとり合っていたのだろうが、その携帯電話をポケットにしまって藤沢はベランダから飛び降りた。バラバラになった携帯電話は回収されたものの、日本製のものではなかった。三人は事件の解明につながるような証拠はいっさい残さなかった。

「不思議なんです。ダイナマイトの量ですが、かなり派手に破壊してくれた割には、使われたのは数本で、まだ大多数が残っていると推測されます」

鑑識課の大場が高倉に報告を上げた。佐々木らに残された仕事は、大量に盗まれたダイナマイトの捜索だった。

「鰐淵はどこに隠したんでしょうかね」

事件は解決したが、小向も大量のダイナマイトがどこかに残されているかと思うと、喉にモノがつかえたような気分なのだろう。小向は三人に年齢的には近い世代だが、嫌悪感を強く示した。

「何でも手に入れることのできるバブル期に育ったろくでもない連中ですよ、あいつらは」

鰐淵の人を侮蔑しきった態度に小向は腹を立てていた。

「谷中敬や寄居春奈の死はつらかったと思いますよ。でも、目をそらさずに、その時に苦しむだけ苦しんでいれば、こんなことにはならなかったはず、もっと楽しい人生があったと私は思いますよ」

どこで道を踏みはずしたのか、彼らは四十歳を目前にして死を選択した。

神田林がネット上に流した映像の余波は大きく、事態は収拾するどころか、磯部、羽根田、野々村を追及する動きは広がりを見せていた。事件の説明会を父兄から求められ、富岡が中心になって開催に向けて活発に動いていた。

当然、裁判を起こした原告遺族らも出席するだろう。三人はまさに針の筵に座ることになる。説明会の日程が発表された翌日の朝刊に磯部の死亡記事が掲載された。湘南台旭日高校を進学名門校に育てた磯部の名声は地に落ちていた。自宅から一歩も出られないほど世論の非難は集中した。ストレスが重なったのだろう。新聞記事によれば、湘南台旭日高校をとり上げる番組が始まり、書斎に入ろうとソファから急に立ち上がった瞬間、その場に転倒したようだ。

救急車で搬送されたが、以前から高血圧症にかかっていた。治療のかいもなく、磯部は他界した。

しかし、羽根田と野々村は、マスコミの追及に対し、インターネット上に流された映像は、三号館を爆破するという神田林の脅迫に屈して証言した。真実は法廷で述べた通りだと、平然と答えていた。羽根田、野々村は校長、教頭の座を降りるつもりはないと明言していた。

名門高校は激しく揺れ動いていたが、佐々木も小向もそんなことにはもはや関心はなかった。どこかにダイナマイトが隠されていたとしたら、大事件、大惨事に結びつく可能性がある。一日も早く発見しなければと躍起になっていた。

事件解決から一週間後、八ッ場ダム事務所の金子から小向に電話が入った。

「鰐淵に盗まれたダイナマイトの一部だと思うのですが、それが発見されました」

川の水位がさがり妙な木箱が現れ、作業員が中身を確認すると、箱の中から泥と砂に混じって大量のダイナマイトが出てきた。すでに群馬県警が回収したようだ。ダイナマイトは八ッ場ダムの保管倉庫から鰐淵が盗み出したものと確認された。

# エピローグ　もう一つの復讐

父親、袖口智彦の遺品となった手帳には、何度読み返してみても、それまでは謎で理解できなかった走り書きがあった。手帳は水に濡れ、ボールペンで書いた字も滲んでいたが、判読は可能だった。〈WY、FN、KK〉〈6生〉と一ページに一字ずつ乱れた文字が記されていた。身動きすることができず、ポケットの中の手帳に手さぐりで書いたに違いない。父親はボールペンを握りしめポケットに手を突っこんだまま死んでいた。

しかし、今回の事件で六人の頭文字だということがはっきりした。W鰐淵Y谷中、F藤沢N中山、K神田林K川村の六人の生存を父親は車内で確認していた。

さらに〈HNに6伝〉と書かれていた。いったいこれは何を意味しているのだろうか。

中国当局が作成した報告書によれば、袖口智彦は三号車の連結器に近い通路に投げ出されて死んでいた。瓦礫の量も少なく、外部との声のやりとりがかろうじてできるようなところだった。

〈HN〉は羽根田、野々村の二人の頭文字ではないのか。

〈6伝〉は生存者数を羽根田、野々村の二人に伝えたという意味ではないだろうか。袖口の心には疑惑が渦になって湧き上がった。

母親によれば父親は、気づいたことはすぐ手帳に記す癖があったようだ。手帳には修学旅行に出発する直前にこう記されていた。

〈一九八×年度　体育館建設費　十億五千七百万円↓八千七百万円＝磯部〉

〈一九八▽年度　三号館建設費　十三億八千万円↓四千七百万円＝羽根田、二千八百万円＝野々村〉

袖口は解放された翌日、神奈川県横浜地方法務局の青葉出張所と旭出張所を回り、磯部、羽根田、野々村の自宅の登記簿謄本を入手した。どうしても確かめてみたいことがあったのだ。三人の自宅と土地の登記簿謄本を手にして、袖口は怒りに体を震わせた。

磯部の自宅建設は体育館着工と同時に行われた。資金は銀行からの住宅ローンで抵当権が設定され、その額は八千七百万円。しかし体育館完成と同時に完済され、抵当権も外されていた。

メモに記されていたのと同額が羽根田、野々村の二人の住宅にも抵当権設定されていた。磯部の時と同じように三号館完成と同時に抵当権は解除されていた。

磯部の自宅に設定された抵当権金額は、登記簿謄本を見て記した可能性はある。しかし、三号館着工は事故のこともあり、事故の翌年に延期された。羽根田、野々村の自宅の着工も同じ年だった。事故で亡くなった袖口智彦には絶対に知り得ない金額だ。磯部は体育館建設に絡む不正を、袖口智彦に知られたと思っていた。事故直後、母親に三千万円の慰労金を支払うと磯部は告げた。慰労金はその口封じの手段だった。母親はそれを断った。

母親も袖口自身も学校側の好意だと素直に理解していた。

袖口は犯人グループに袖口智彦の長男だと告げて、連絡を取りたいとメールを送信した。

彼らはいくつものメールアドレスを持っていた。アドレスの末尾にｒｕが付き、ロシアのプロバイダーから返信されてきた。

彼らと直接会うチャンスは一度だけだった。磯部、羽根田、野々村が彼らの要求でメモリアル室に入った時、その証拠写真を写メールで送信するように求められた。要求に応え、四階から三階に降りた時だ。袖口は神田林、鰐淵に呼び止められた。彼らはすでに三階に潜んでいたのだ。

父親の手帳の内容を告げると、体育館、三号館建設にまつわる不正についてはわからないが、記されているアルファベットの走り書きについては、袖口の推測は事実に間違いないと神田林は確信を持って答えた。

湘南台旭日高校の教壇に立つと、富岡は最初距離を置いて、袖口には近づこうとしなかった。磯部、羽根田、野々村は新人の袖口に必要以上に気を遣っていた。三人が特別な配慮をしているのは袖口自身も感じていた。それは蘇州列車事故の犠牲者の遺児だからだと思っていた。

袖口が湘南台旭日高校の教壇に立ったのは、父親の遺志を継ぎたいという思いからだった。それが富岡にもわかると、父親が経営陣の不正を追及していた事実を明かしてくれた。

父親は体育館建設費が水増しされ、その差額がリベートとして磯部に流れた事実を突き止めてしまった。三号館建設でも同じことが行われようとしている事実を、父親はどうやって掴んだのか、羽根田、野々村に流れる金額を蘇州列車事故の直前には把握していた。それに二人は気づいていた。

リベートの事実を公にされれば、羽根田、野々村は失脚する。濡れ手で粟の自宅建設も水泡に帰す。

中国当局は外国人観光客が減るのを恐れた。蘇州に集まってきた日本のマスコミに大きく報道されるのを嫌って、解体作業を急いだ。それをいいことに、二号車車内に七人の生存者がいたことを二人は認識していたにもかかわらず、作業を止めようともしなかった。

神田林、鰐淵、藤沢の三人が奇跡的に救出され、残りの四人の生存を伝え、救出を懇願したにもかかわらず二人は現場には戻らなかった。

すべての人質が解放され、二号館の職員室には磯部、羽根田、野々村、そして袖口の四人だけになった。メモリアル室に移動する直前に、野々村が放った一言を袖口は深く心に刻んでいた。

「あの三人を助けてあげればよかったんだ」

「三人」とは二号車から救出された神田林、鰐淵、藤沢の三人ではない。車内に残されていた中山滋子、川村彰、谷中敬の三人で、そこには自分の父である袖口智彦は含まれていなかった。

羽根田、野々村はスキャンダルが暴かれるのを恐れ、父親を見殺しにした。そして、助かるはずだった中山滋子、川村彰、谷中敬までも見捨てる結果になったのだ。その上、神田林、鰐淵、藤沢の人生をも大きく狂わせてしまった。

事実を確かめようと、自宅で療養している磯部に電話を入れた。磯部はすべてを否定したが、その直後に脳溢血を起こして死亡した。

事故説明会が、事故当時の生徒、犠牲者遺族、在校生とその父兄、さらに新入生とその保護者も参加して、体育館で行われることになった。富岡は羽根田、野々村に説明会へ出席するように求め、約束を取りつけた。

説明会当日、袖口は父親の手帳を胸のポケットにしまい、三人の家の登記簿謄本を手に固く握りしめて、体育館ステージに設けられた教職員用の席に座った。

富岡がマイクを握った。

「それではこれから湘南台旭日高校爆破事件ならびに蘇州列車事故についての説明会を開催したいと思います」

張りのある声が体育館に響きわたった。

了

本作品は当文庫のための書き下ろしです。

なお本作品はフィクションであり、実在の個人・団体などとは一切関係がありません。

文芸社文庫


# 死の刻《とき》

二〇一三年十月十五日　初版第一刷発行

著　者　麻野涼
発行者　瓜谷綱延
発行所　株式会社　文芸社
〒一六〇‐〇〇二二
東京都新宿区新宿一‐一〇‐一
電話　〇三‐五三六九‐三〇六〇（編集）
〇三‐五三六九‐二二九九（販売）

印刷所　図書印刷株式会社
装幀者　三村淳





ISBN978-4-286-14531-0

［文芸社文庫　既刊本］

**贅沢なキスをしよう。**
中谷彰宏

いいエッチをしていると、ふだんが「いい表情」に。「快感で人は生まれ変われる」その具体例をあげて、心を開くだけで、感じられるヒント満載！

**全力で、1ミリ進もう。**
中谷彰宏

失敗は、いくらしてもいいのです。やってはいけないことは、失望です。過去にとらわれず、未来から今を生きる——勇気が生まれるコトバが満載。

**フェイスブック・ツイッター時代に使いたくなる「孫子の兵法」**
村上隆英監修　安恒　理

古代中国で誕生した兵法書『孫子』は現代のビジネス現場で十分に活用できる。2500年間うけつがれてきた、情報の活かし方で、差をつけよう！

**「長生き」が地球を滅ぼす**
本川達雄

生物学的時間。この新しい時間で現代社会をとらえると、少子化、高齢化、エネルギー問題等が解消される——？　人類の時間観を覆す画期的生物論。

**放射性物質から身を守る食品**
伊藤　翠

福島第一原発事故はチェルノブイリと同じレベル7に。長崎被ばく医師の体験からも証明された「食養学」の効用。内部被ばくを防ぐ処方箋！